丁彦个人作品集

斗城寻宝

丁彦 著

团结出版社

UNITY PRESS

图书在版编目（CIP）数据

斗城寻宝／丁彦著. -- 北京：团结出版社，
2023.7

ISBN 978-7-5234-0205-4

Ⅰ．①斗… Ⅱ．①丁… Ⅲ．①短篇小说-小说集-中
国-当代 Ⅳ．①I247.7

中国国家版本馆 CIP 数据核字（2023）第 105562 号

出　　　版：团结出版社
　　　　　　（北京市东城区东皇城根南街 84 号　邮编：100006）
电　　话：（010）65228880　65244790
网　　址：www.tjpress.com
E － mail：65244790@163.com
经　　销：全国新华书店
印　　刷：四川科德彩色数码科技有限公司

开　　本：145mm×210mm　1/32
印　　张：7.25
字　　数：147 千字
版　　次：2023 年 7 月第 1 版
印　　次：2023 年 7 月第 1 次印刷

书　　号：ISBN 978-7-5234-0205-4
定　　价：58.00 元

自 序

有一天，一个老哥打电话来闷头闷脑问我："你为什么写作?"

我清了清嗓子又咽了口唾沫，那几秒的凝顿好像时间都停止了，感觉就像遇见一个难缠的甲方，要喊把完工的隐蔽工程敲开做二次验收。

转念一想，老哥从业文字工作数载，吃过猪肉，见过猪跑，能把我当成"猪"来问，算是某种意义上的认可。当然，也不能排除他没事闲得挠墙跑来揶揄我。

我说："老哥，这个问题没有细想过，不过我可以确定，写作是我目前发现性价比最高的娱乐方式，没有之一。您想，一个打字的笔记本算一万，运气好点能用五年，一天也就五元钱，如果你愿意，可以耗去你所有的娱乐时间，打发掉一个人能有的一切无所事事与百无聊赖。"

老哥说："严肃点。"

我"啊哈"一声，用浑厚且带鼻腔共鸣声调说道："自从人类有了智慧开始，便开始寻找关于生命的意义。我认为，生命的意义就是为了在实现自我的情怀中一次一次地买单，我幸运地在纷繁复杂的生活中找到了'文字'这种载体，所以我要用'文字'去丈量眼中的世界，用它输出后形成的奇妙时空机器，去遇见更好的自己。"

从老哥的鼻息中我成功地感到他胃酸翻涌，好在不是面对面，不然很可能一口老痰直奔面门而来，他深呼吸调控了下情绪说："能不能说人话？"

"如此汹涌澎湃恢宏瑰丽的内心独白，你居然说不是人话？"

"是不是人话不是你说了算，是听的人说了算。"

老哥的反驳是不可反驳的，有点像"子非我，安知我不知鱼之乐"，也有点像量子坍缩源自于一个意识，我再度陷入了短暂的沉默，时间似乎因为进入四层的梦境被拉得深邃漫长，虽然大概也是短短几秒，但那些我阅读过的书籍与作者的脸在布满星云的宇宙空间中漂浮着，模糊、清晰、明暗不定，这座我生活了将近半个世纪的小城在极夜的天空以极光勾勒的轮廓保持着一种灵动流淌的形态，那些在我生命中曾经见过的人与事浮浮沉沉，闪闪烁烁，他们用自己的故事构成了这座城市的故事，而我，将这一切，用一种叫"文字"的工具去记录下那些自我意识中涌动的一个又一个信息。整个过程，如同喝高后的凌云壮志，如同极中极关三家后的欣喜若狂，如同到账提示的天籁之音，为这不过百年的生命，找到一种内心的愉悦。

我说："写作，大概是为了快乐吧。"

contents

目录

斗城寻宝

2015 年公历 4 月 18 日。乙未年庚辰月甲子日，皇历上说，宜开市、交易、立券、挂牌、祭祀、开光、祈福。

四川宋瓷博物馆外广场上人头攒动，喧嚣、嘈杂、喜气洋洋。警察与保安游离其中，震慑世人，欢喜不能过头，江湖得讲规矩。

广场南侧，以 200 厘米高围挡包围，凭票入内，入口电子门旁手持感应器的工作人员，使人有春运车站的既视感。

两台摇臂摄像机东西相架，一台载人摇臂上的摄像小伙居高临下捕捉每一个生趣的瞬间。央视《寻宝》栏目第三导演组的导演、剧务、混迹在无数持宝人的中间，凭借他们录制节目多年的淡定，用京腔儿有条不紊地安排调度着海选现场拍摄工作。

四大鉴宝 BOSS 正襟危坐最南端一隅，邱小君、蔡国声、欧阳朝霞、贾文忠，面对怀着不同目的持宝人所呈现出的贯穿华夏文明的物件时神色从容目光犀利，那些虚虚实实，真真假假瞬间被剥离殆尽。在这里，他们就是古埃及的马特与图特，象征着正义、秩序与智慧。

没有人知道，选择今天海选，是主办方高层的特定，还是冥冥之中的一种契合，因为1982年4月18日被联合国教科文组织设立为"国际古遗址日"。

四川宋瓷博物馆内却显得十分冷清。

保卫科副科长罗志站在入口大厅中央黄铜铸造铺就的阳文《中国陶瓷史大事记》上调试着对讲机，像在竹林中调试琴弦的寂寞的乐师，专注、平静、全无一丝杂念。任由场外的精彩与喧嚣，他都未有丝毫的动摇。他明白，工欲善其事，必先利其器，一个没有好对讲机的保卫科长，不会是一个好保卫科长。

清早晨会，馆长老何的话回荡耳边："今天央视《寻宝》栏目开始海选，这不单是我们博物馆的事，是几十万川中人民的事，还是遂宁走向全国的契机，更是让世界了解我们中国文化的事。请大家做好安全保卫工作，不能有一点闪失。"

十年保卫工作，罗志从一个青涩的退伍军人蜕变成一个老道的保卫科副科长，他知道自己肩上的重担，今日魏科长主外，他主内，这是一份殊荣，虽然馆内看上去清闲安全得多，但是这座抗十级地震的建筑内珍藏的数千件文物无疑才是更重要的。

十几米高被擦拭得纤尘不染的穹形玻璃顶投射而入金红的阳光，映照在磨得锃亮的黄铜阳文篆刻的《中国陶瓷史大事记》上，使得罗志镀上一层金色的光晕，如一尊历经数劫方得超然的等身罗汉像。这种魔幻般间离效果的画面使得纪念品小商店苟大姐有些分神，她扭开保温杯喝了一口枸杞大枣水缓了缓神，拿起抹布擦一只青瓷小碗，她觉得今天应该有什么重大的事件要发生。

电动门开了，跨入大厅的是一个男人，与他一起涌入的，还有一股四月略带凉意的风。

男人不高不矮，看不出年龄，长得也没什么特点，他仰头注视着圆形中庭上端这幅二十多米长的壁雕，它们由五个单元组成，反映我们先祖早在一万一千多年前就懂得了取火、制造工具与烧造陶器。从旧石器时代进入新工器时代，这是人类史上迈出极为巨大的一步。

"同志，请退回去。"罗志礼貌而威严地对走进中庭的男人说道，"同志，请先退回去，您得过安检。"

五分钟前，安检员小江上厕所，罗志暂时接替安检工作。

"啊?"男人愣在那里，四下张望了一下，质疑地望着罗志。男人穿着一件灰棕色的亚麻古装，或者有点像出家人的僧服，头上挽了个髻，又有道家的打头。罗志断定此人其实是来参加央视《寻宝》的，一身复古打扮，只是为了一搏眼球，在人群中提高辨识度，以便在与票友喝坝坝茶的时候显摆。

"同志您过了安检才能进去参观。"罗志耐心地解释道。

"小哥，您有何指教?"男人满脸堆笑，那是一种商人才有的迎合与贡谦，当然，也可能是传销组织头目车站接下线时惯用的表情包。

"过安检。"罗志斩钉截铁地说道，"宋瓷博物馆自 2009 年实行免票参观，你不必买票，但你必须要过安检，这是组织章程上定下的规矩，谁来了都不能改。"他一手搭在了男人的肩膀上，将他送到安检门外，自己站到了另一侧。

"哦，哦。"男人似乎回过神来，观察了一下安检门，跨了过去。使罗志想起此人在跳大神时带着一干孝子孝孙跨火盆的样子。

很不幸，感应器啸叫了起来。

"你带了什么?"罗志心里一沉，很多次，他都幻想能在这扇门里找到一个漏网多年的江洋大盗，他会用自己多年来坚持健身得来的洪荒之力与参加擒拿格斗培训班学来的各种技巧，将不法之徒绳之以法。

"没带什么啊?"男人也被突来的啸叫震得一愣，他伸开双臂，一脸无辜。

"请您把随身携带的物品都拿出来!"罗志命令的口吻依然不失礼貌，文明安检是每个保卫人员起码的行为准则。再说，现在巡查机制事无巨细，这个瘦小男人可能是组织上的一个铁面无私的干部，或者，他就是电视台的暗访记者，一只针孔摄像机正对着自己，稍有不慎，就被《阳光问廉》了。

男人应诺着，从怀中掏出了一串通宝与几锭拇指大小的不规则金属，掷于检查台上："没有了，什么都没有了。"

"同志，您再过一次安检。"罗志说着拿起通宝看了看，其中有北宋宣和与南宋建炎两种，每一枚都光洁崭新，宋朝以来一千余载，鲜有保持此等品相，如是对的，价格定然不菲。

这一次男人成功通过了安检，罗志温婉一笑道："同志，请把你宝贝收好。进去参观吧。"

"多谢小哥。"男人道着谢，唯唯诺诺收回怀里，向两边的甬道张望了一下道："请问金鱼村发现那批瓷器在什么地方？"

"二楼，往右，《宋瓷精粹》厅。不过，"他顿了顿道，"鉴宝在外面，您是来鉴宝的吗？"

"鉴宝？"男人摇摇头，明亮的眼神透出一种兴奋，"不，我不鉴宝，我来看看那批龙泉窑的瓷器。二楼？烦劳小哥带个路。"男人摸出一锭银色金属塞到了罗志手里，"这点碎银请小哥笑纳。"

罗志干保卫工作十几年，看见无数慕名前来观瞻的游客，但塞所谓的银子请自己带路的还是第一个。"同志，你干什么？你可以请解说员，一百五一次。"罗志将金属塞回到男人手里，他有点急火攻心，这不仅是赤裸裸的行贿受贿，还是对自己人格的侮辱。

苍蝇不叮无缝的蛋，这几年党的廉政教育馆内全无一丝懈怠，每周组织学习讨论，罗志早已铜墙铁壁水火不侵，如果罗志的道德真是一枚有缝的蛋，那肯定也是侏罗纪的恐龙蛋，今日，早已成为一颗无坚不摧的红色化石。

"孟浪了。"男人尴尬地笑了笑，将金属揣回怀中，拱手往二楼走去。

罗志目送男人消失于左侧二楼入口的转角处才收回眼神，小江也回到安检口站定："罗科，谢谢，没什么状况吧？"

"没有。站好自己的岗，今天一个岗位只有一个人，责任重，不能放松一丝警惕。"罗志知道，思想上的螺丝一定要时时拧紧。

"明白！"小江任重道远地点了点头，挺直了胸膛，进入了战斗状态。

罗志欣慰地一笑，整理了一下烫的笔挺的制服，开始在大厅穹顶之下慢慢踱步。这时他多年来的一个习惯，只要大厅巡视，他就会徘徊于《中国陶瓷史大事记》上，久而久之，他居然能隔着鞋底，辨识出每个文字，从中国境内首次发现陶器的江苏省溧水县神仙洞遗址到清朝1911为止，中国瓷器的整个形成与发展在他足下早已烂熟于心。

但是，现在他感觉不到文字的存在，因为满脑子都被刚才那个男人一动一举一言一笑所占据。十年守馆，达官显贵，巨贾豪商，上至中央，下至地方，罗志也是阅人无数，但他却从来没有见过一个这样的人，那种不明觉厉困扰着罗志，他决定去监视男人，防患于未然，将一切罪恶扼杀于萌芽。

除了夜晚与周一闭馆，白天很少见到这么冷清的《宋瓷精粹》馆。

这条动态线罗志走过不下万次，每走一次他都能感受到那些沉默的器物所蕴含的强大能量。展厅重要光源均集中于器物或简介之上，使得整个空间幽静而深邃，那些被窖藏于地下八百年的青瓷平静而祥和，没有人精准描述出它们在埋于地下之前经历过怎样的神奇故事——它们如何由千里之外辗转来到遂宁？那个曾经拥有它们的人又因何故将其草草掩埋？它们何等的幸运在和平年代被发掘不至于流离失所？而在漆黑漫长的岁月里，它们又是用什么来打发那些时间？又或许做了一个怎样无边无际的春秋大梦？

有时夜班巡值罗志会不自觉地陷入这些沉思之中，但很显然，此时不太适合作学术性的幻想。

罗志远远地监视着男人的一举一动，男人全无一丝察觉，他的注意力全部被一件一件美轮美奂的青瓷所吸引，时而沉思，时而点头，罗志越来越觉得这个男人有什么不对，却说不清楚问题到底出现在哪里。甚至还出现了一个可怕的念头——男人其实就是国际犯罪组织的头目，借助这个数年难遇的《寻宝》录制机会，此时也是保卫科内部最薄弱的时候，他奇装异服装神弄鬼地在这里吸引自己注意力，其实现在闭路与安保设施已经全部被其党羽攻破，光天化日有时只是犯罪的灯下黑，这点在《奥林匹斯陷落》与《伦敦陷落》里都有揭露。

当然罗志很快推翻了自己的假想，因为无论是恐怖袭击还是外星入侵，基本都是发生在万恶的资本主义社会。这点好莱坞可以作证。

男人走走停停，最后，来到镇馆之宝"荷叶盖罐"前驻足了。

这个中庭八米见方，庄重地起了两极台阶，进庭正壁上是一幅玻璃彩雕的荷花图，两面有八屏包围，每屏上有一个中国迄今发现的相同器型的彩雕，黑色地面有一个宽约一米的十字形的半浮雕，上面亦然是荷的花与叶。十字正中央便是一个直径一米的防弹钢化玻璃罩，那只举世闻名的青釉荷叶形盖罐便巍然仁立其间。

盖罐高 31.3 厘米，宽 23.8 厘米，最大腹围接近一米，那圆润丰满端庄大和的造型，纯正明朗靓丽光滑的梅子色泽，借助展柜上下的光源，晶莹剔透，对光见影，似玉非玉。它以自己特有的属性见证了那个尚文的伟大时代，你甚至能够听见无数或豪放或婉约的扬葩振藻词句，还能看见赵佶疏朗细劲的瘦金体与王希孟超凡入圣穷形尽相的《千里江山图》。

男人脸紧贴展柜缓慢地围着荷叶盖罐绕了几圈，这个过程大概持续了二十分钟才停下来，罗志在屏风后的空当处透过两层玻璃观察男人的表情，但却一无所获，他看不出对方太多的情绪，但能感受到男人忽闪忽闪的眼神高古而神秘，宛若两粒影青。

男人似乎石化了，只剩双眼知道他是一个活物。时间一点一点流失，罗志痛苦地思索这个看似循规蹈矩的男人究竟是什么地方可疑，他到底哪里出了问题？

无数游客在罗志脑海中梳理比对着，首先不是着装，他见过扮成《圣传》的乾达婆王的女孩与扮成《王的男人》的孔吉的男孩。其次不是男人观看的状态，他见过连续三天全天泡在瓷器馆里骨灰级发烧友。也不是这个男人的行为举止，总体来看他温文尔雅算得合格游客，但什么不对呢？

任何的顿悟都来自痛苦的时刻，牛顿发现万有引力肯定被苹果砸痛了，乔治·史蒂芬森不去挖煤肯定也发明不了蒸汽机车，罗志猛然明白男人的可疑之处了——他居然没有掏出手机拍照！

他居然没有掏出手机拍照！

可以这样说，一个正常的，单独的，草根的游客，进入博物馆不带一个有电的手机基本是不可能的。

罗志佯作悠闲地跨上了中庭，站在男人一侧，他瞄了一眼男人问："同志，我有什么可以帮助你吗？"

男人没有回答他，眼神一刻没有离开盖罐，他双手扶住一米见方的玻璃展柜，将前额贴了上去，对于这个友善的询问不理不睬。

"同志，有什么可以帮助你吗？"罗志提高了点声调。

"没有。"男人轻声答道，好像多用一份气力都会影响他观赏眼前的圣物。

"您是不是有什么不舒服？"罗志依然委婉地询问，在没有确凿证据前，他必须要有礼有节。

"我没有不舒服，我是感慨，明白吗？感慨！"

"感慨？"

"感慨！"男人点点头又说，"如果你，时隔八百年看见自己的东西也会激动的。"

"你说什么？"罗志觉得这个男人应该是病了。他终于获得了一点有力证据。但他明白，比起恐怖分子与哥斯拉，一个精神病更有杀伤力。

"小哥，我可以摸一下它吗？"男人侧头看了一眼罗志，那真诚的表情令罗志头皮一阵发麻。

"你说什么？"罗志左手握紧对讲机，右手把着腰间的电击棒，它跟随自己三年有余，从未出鞘，想必今日可以饮血。他说："同志，这是国家特级文物，不是谁想摸就能摸的。"

"不能通融一下吗？"男人怏怏地说。

"你以为你是谁？这事不是能不能通融的事。"今天恶战在所难免，稍晚头条肯定有一条爆炸性新闻，内容是四川宋瓷博物馆保卫科长勇斗神经病的英雄事迹。

"我只是摸摸自己以前的东西，都得不到许可。"男人伤感地叹了口气，说，"我又不是来拿回我自己的东西。"

"同志，不要动，"罗志高声喝止对方，他说，"你如果还有进一步动作，不要怪我没有警告你。"

男人对罗志的话置若罔闻，他脸上泛起一阵笑意说："小哥，你是一个好人，你守住这些瓷器我是放心的，但是你不能阻碍我触摸，天下哪有禁止一个主人触摸一下自己的东西的道理。"

说完男人再次石化了，这一次包括了他的眼睛，有那么几秒或更长时间，男人似乎只有一个躯壳站在展柜前面。而罗志呆滞的原因是他明明看见男人一动不动，却又好像看见一团白中带青的气流在男人手中聚集，他的手穿透了飘着薄雾的防弹钢化玻璃，男人指尖亲抚过荷叶盖罐波浪的弦口，顺着流线的罐身游动，像在抚摸自己久别重逢的妻子。

罗志隐约觉得自己不能动弹了，他不知道这是不是一种新型武器，或者神经毒气，"你是谁？"罗志问道，这是他最后的尊严。

"我就是这批瓷器的主人，严格说，是曾经的主人。"男人轻描淡写说道，他脸上泛起一阵揶揄又道，"不过我可以告诉你，刚才我已经摸过它了。"

"你如果真是它们的主人，那你是干吗的？什么原因你把它们埋在金鱼村？……"罗志对于这批瓷器由来三个官方推断耳熟能详，一说商人所属，二说皇家禅林所藏，三说官方祭祀礼仪所用，均落脚宋元战事，好奇心战胜了恐惧，他想起了《K星异客》的 Prot。

"我是谁不重要，"男人转身说，"历史原本都只有相对的真相。一件艺术品的成就取决于它被提起的次数。当一个物品带着神秘的面纱，总会被人提起，盖棺定论有时也不是一件好事。再会吧。"男人对罗志拱手行礼，消失于屏风之后。

罗志没有跟着男人追出去，他觉得自己内心认可了男人对于历史上那些解不开的真相的看法与态度。当然他还是去查看了监控，男人没有什么可疑之处，荷叶盖罐前三百六十度无死角的影像记录中也没有任何异常。男人从容走出博物馆大门，消失在那天《寻宝》海选现场涌动嘈杂的人群之中。

而那天下班时，纪念品小商店的苟大姐卖出了十套龙泉的青瓷茶具，她乐呵呵地对小江说上午她就感觉今日有大事发生，果然应验了。

后记：这期《寻宝》——《走进遂宁》在 2015 年 5 月 20 日央视黄金强档播出，陈晓东主持，作为安保主力，罗志参加了这档节目，并且有两个镜头。

北丁曦

很多年前，在遂宁驰骋的机动车司机们，可以不认识市委书记是谁，不认识市长是谁，甚至不认识丈母娘的二姐是谁，但必须认识两个人，他们镇守在遂宁的南北二门，所到之处井然有序繁花似锦，你不能喝酒，不能没有驾照，不能闯红灯，不能超载，不能乱停乱放，在那个没有天网的年代，这两个人用肉身筑磊出了一道秩序的屏障，确保这座千年川中小城人们应有的出行安全。

应该大部分老遂宁已经猜到到底何方神圣，没错，他们就是令那些不遵守交规的司机们闻风丧胆谈虎色变的交警叔叔，二位大神的名字一般都不会单独出现，就像包公与海瑞，尉迟恭与秦叔宝一样，于是，江湖上有了这个惊世骇俗的称谓——南曹阳北丁曦。

对于这个称谓，我怀疑出自当年一部爆款香港武侠连续剧《再向虎山行》里那句"南沧海北铁山，一岳擎天绝世间"。无论语法与架构都如出一辙，经过我谨慎思考后，决定将这句补齐

——"南曹阳北丁曦，罚的就是你装逼。"

当然还有另一个版本——"北丁曦南曹阳，中间还有个米向阳"，可我对于米警官确实没有什么印象，而且这句话是不是为了硬凑顺口还有待商榷，所以，我更认同第一个版本。

本文单说丁曦同志，其他的大哥我不熟，对他们的情况不太了解，不敢胡编乱造。而之所以是丁曦，因为，他是我堂哥，亲堂哥。他从小看着我长大，说错了或者说过火了大不了骂我几句，不会告我侵害名誉权，不会索赔，我也不会吃传票与其对簿公堂。

堂哥丁曦比我大九岁，九年的差距注定了我们彼此间没有分享的空间与余地，我穿开裆裤围站裙的时候，他牙都快换齐了，我清鼻涕横起擦的时候，他就青春期了，我男性激素还没发育完全，他就享受鱼水之欢了。我们的娱乐、认知与爱好天各一方，完全没有一点能够同步。但每次我在大伯家打秋风时，堂哥还是表现出了对于我这个堂弟的喜爱，带我打打乒乓以健我体，往我裤兜里放一把花生瓜子以解我馋，发几本他私人珍藏的连环画以明我志。特别他高中毕业那年夏天，他将自己收藏的一本纸人赠送给我，我抱着那本红底金字的《毛主席语录》兴奋得卤鸭子都不想吃，虽然后来它们被我输得所剩无几，但这份兄弟的情谊如史诗般载入了我少年的心底，多年后回想依然为之动容。

堂哥身高接近一米七，属于筋骨人，很神奇地保持了半个多世纪。长相算不上帅，主要原因可能是眼睛太小，我不知道他青春期是否为了此事黯然神伤，而对异性产生本能的防卫，导致在我记忆中没有听见过长辈骂过他早恋。但这个不算缺陷的缺陷肯定是堂哥心中的一个劫，我记得多年前我那好事的老妈把自己单位上的一个小会计介绍给他，各方面条件都不错，下来问堂哥意见，他撇了下嘴说眼睛太小了。老妈表情很不服气，大概觉得这个侄儿没有资格批评除他之外的任何人眼小。后来堂哥告诉我，他其实觉得那小姐姐挺不错，按比例来说眼睛大小也恰到好处，可是，为了下一代的基因改良，他必须找个大眼妹，很大很大的那种。我当时就为堂哥能站在人类命运共同体的高度压抑自己欲望而自豪。我说哥，你对了的，找个黑猫警长那种眼睛的，改咱丁家眼小的良。后来堂哥真找到一个大眼睛嫂子，我每次看见侄女那双大大的眼睛内心更是敬服堂哥的未雨绸缪。

　　当然，这篇文章不是来八卦丁曦爱情故事的，凭本人肉眼观察，可以负责任地说，他这大半生到目前为止没有什么狗血的爱恨情仇，一个像他那么认死理的男人不太会有风起云涌的情史。最关键的，丁曦同志作为当年斗城顶流，靠的就是工作风格。

　　关于他种种市井传闻在九十年代的斗城上空形成了超级风暴，这个身不满七尺且不苟言笑的男人无数次被形容成一个铁面无私、冷酷无情、不食人间烟火的男人。比如，当年如果出租车之间因为拉客或者轻微擦刮引起的街头骂战，只要有人说："丁曦来了。"大家就会握手言欢，各奔前程。因为一旦入他手，或多或少都要挨上一两条违规，吃上一两张罚单。丁曦在公路上就是特蕾莎修女一样的存在。再比如，当年有一个叫刘杰的人冒充丁曦在南门一代查罚货车，疯狂作案两个月后才被南京桥派出所谢警官抓获，问其为何独选丁曦，刘杰坦白交代了三点——首先，丁曦罚款都是顶格处理，每次实施犯罪的金额就会高一些。其次，丁曦的严苛历法这在遂宁地界是人神共知的，受害者很容易接受这个事实，掏钱更耿直。最重要的，冒充丁曦，受害人不会托关系说情，这样在实施犯罪过程中被暴露戳穿的可能性就大大降低。

大家可以想想，我当年初出江湖，听见一些关于堂哥的传言，我稚嫩的内心是何等的尴尬，而且，我曾经也试图去帮一个朋友说情，印象最深刻的就是堂哥丁曦用他惯有的口吻说："彦娃子，这些事情你以后尽量少管。"吓得我马上圆话说："哥，我只是问问，我同这娃压根也不熟。"

我自认为自己是一个比较来事的人，习惯人情世故，懂得和光同尘，明白抬头不见低头见，当然，可能与本人在这个社会自主讨生活有关，我回顾自己上半生从事过的众多行业，发现说白了就是与人打交道的行业，只要懂得如何与人打交道，你就成功了一半。堂哥丁曦很明显不是一个善于与人打交道的人。所以，很长一段时间都为交警丁曦是我堂哥而感到困惑。因为我们身上无疑流着相似度极高的血液，DNA 也能轻松比较出来自同一个族群，为何性格上如此迥异？

多年后，我渐渐明白了这一切的由来，每一个人成为现在的样子，有偶然也有必然。丁曦之所以成为这样的男人，因为一切刚好，认知、经历、感受与顿悟，都不前不后，不左不右，不多不少。

我有理由相信，关于"丁曦是怎样炼成的"这个问题一定困扰着当年那些驰骋在遂宁这片沃土上的司机们，多少次他们在斗城的街头巷尾遭遇交警丁曦时，面对那张全无表情的脸时，咬牙切齿，捏紧拳头，却低头哈腰一脸媚笑地认错伏法，心里估计连我这个堂弟都被顺带咒了千百遍。然而，就像迪克牛仔那首歌唱的："没有什么好商量，我就是这个模样，那种男人的忧伤超出你的想象。"三十多年过去，这群人大多英雄迟暮，我怀疑时至今日许多个午夜的惊醒，丁曦依然是他们梦魇的主角。而我作为一个严肃文学爱好者，在他们晚年能助其解开心中之结，不仅是应尽的天职，更是功德无量的善举。

于是，我写下了这篇文字，解众惑之余，亦为严肃文学爱好者正名。

丁曦六十年代中期生人，家中长子，下有一妹。大伯与大妈都是人民教师，说不上大富人家，也是标准小康。丁曦小朋友不愁吃喝不忧冷暖的同时，无疑还享受到良好的教育环境。大妈是城北小学教语文兼班主任，在我印象中一直是一个特别干练的女人，声音洪亮且具穿透性，有相当高的辨识度与职业优势。大伯在盐市街小学教体育与图画，喜好烟酒，性格和蔼可亲，胸前好像永远有一个晃荡的口哨，在幼儿美术教育领域多次获得全国殊荣。教学之余大部分时间都用来画虎，也算子传父业。

丁曦同志从小便是一个循规蹈矩的隔壁家的孩子。据他本人回忆，干过最离谱的事也就是有一次大伯叫他去请一个朋友来家里小酌，大概也就两三里路的距离，过了饭点，客人与儿子都不见踪迹，寻到丁曦时，他还在小人书租书摊看《说岳传》，放现在应该会获赞无数。纵观堂哥整个学业生涯，确实没有给这个教师的家庭丢脸，从始至终成绩都是出类拔萃的。特别是粉碎"四人帮"那年他小升初考出 156 的高分，得到了广大亲朋好友的一致好评，这个分数具体什么概念我没有细问，应该是很厉害那种，反正使他很长一段时间沐浴在学霸的精神世界不能自拔。通常作为一个品学兼优的学生的成长都是乏善可陈的，我只能连喊三声"好""好""好"来对丁曦学业生涯的过往表示感叹与折服。

除了学业，丁曦引以为豪的还有两样技能，第一是乒乓。他斩钉截铁地表示，他从小学伊始基本没有一次被打下过台。（半个世纪前，所有的学校的体育资源都是极其有限的，一两千人的学校也就几张水泥台，课间休息，基本都人扎堆，大家排着来，输球换人。）而但凡丁曦站在台前，他就是拿着拍子的战神白起，无论来者是谁都是手起球落，取人球权如探囊取物。他从不问对手的姓名，因为他没有必要知道一个即将离去的人叫什么名字。他从小学一年级打到五年级，从初一打到高三，最牛一战是刚进师校就读时就打遍体师班竟然未逢对手，成为当年的一段不朽传奇。

如果堂哥对乒乓情有独钟，长期发展下去，说不准能拿块奥运金牌回家光耀门庭，可惜他还有一个爱好——书法。两相较之，且后者更甚。

在这里我得提到我们的爷爷丁瑞琪先生，他作为张大千入室弟子，在这座城市多年来都被人尊称"丁老虎"。（据爷爷亲述，当年他在青城山跟随张氏兄弟习画，院子里豢养了一大一小两只老虎，我没有想到作为一个画虎者能够近距离观察老虎的体态习性骨肉与神情是何等的幸运，而第一个问题就是："一只老虎每天要吃多少肉。"可见我注定成不了一个画画的。）爷爷除了画虎，兼济山水人物，更写得一手好字。我小时候，爷爷就用朱砂写《三字经》《千字文》让我拓红，我总是胡乱应付，现在想来真是暴殄天物。

说回堂哥，他作为丁家率先出货的男丁，相信很长一段时间受到爷爷的独宠。他肯定也听过老虎的故事，也写过拓红，读了《三字经》《千字文》，但他已将当年爷爷对于书法的传习纲要融入自己的生命之中。多年来，他早已不是那个独霸球台的冷酷杀手，半个世纪过去，他从未停止过书写，且全无半丝名利之好，只是默默地享受着书法带给自己的愉悦与快感。一个人沉溺于某种艺术嗜好之中，无论周遭波谲云诡，总是能找到满足与欢喜。这种嗜好会成为他认知世界的桥梁，我想，堂哥对于工作的态度有部分便来源于此。当然，只是部分。

1986 年 3 月成为丁曦一个重要的分水岭，当时他已经就读师范，朝人民教师职业奋勇前进，如果一切正常，三年后一个人民教师一定会应运而生，遂宁的交通发展白话史上就会少一个话题大神。这是遂宁建市的第二年，无数部门人力资源稀缺，政府面对社会大力招编，丁曦在高中一柯姓同学的怂恿下参加了公检法的统考，一不小心就被录取了。我怀疑他得到通知时没有特别的欢喜，甚至为接下来的三个月封闭式军训感到一丝不悦，毕竟辍学与工作对于一个不到二十岁的青年来说，是人生本质的变化。他最后说服自己报到的理由只有一条，迟早都是参加工作，既然来了，就去吧。

我记得那年暑假小青年丁曦都在军训，我去大伯家完成暑假作业只遇见过堂哥两三次，他总是穿着军绿色的背心一身尘土，冲回家里，不多时便匆匆离去，他被晒得黑红的脸上好像一直冒着热气，我问他干吗去了，他说训练，跑步、引体向上、站军姿，甩军步，我说你当兵了？他说不是当兵，是当警察，交通警察。

每当回想起这个场景，我觉得我的眼神应该很像潘东子，而堂哥则酷似李向阳。

这年的十月，丁曦同志正式上岗，分配到遂宁交警大队事故处理科。顾名思义，就是事故发生后，听当事人的描述，查看痕迹物证，尽可能还原当时情况，然后裁定孰是孰非，再根据相关条例进行处置。

注意，我说的是相关条例处置。这里普及一个小知识，1988年之前，交警用的是《城市道路交通管理》，基本属于法律范畴之外。1988年国家出台《中华人民共和国道路管理条例》，"条例"大家懂，是属于规范性的法律文件，违反会带来一定的法律后果。直到2004年5月1日国家正式出台《中华人民共和国道路交通安全法》，从一部法典推进，能看到中国对于追求法治社会的不懈努力。

愣头青丁曦就这样坐在位于遂宁田园最初成立的事故科的办公桌前，穿着崭新的制服，学着前辈们用白瓷杯泡上一杯峨眉三级花茶，面对出现在办公室那些形形色色的肇事者或受害人，第一次感受到原来人类有那么丰富而复杂的情绪，愤怒、哀伤、惊恐、迷惘、无助、绝望、窃喜……而事故之外，他一定也听过关于许多人的故事，这必然使他对于生活有了前所未有的了解与认知。丁曦应该很享受每天工作带来的那些新奇与刺激，他的桌上一定堆满了红塔山与阿斯玛，当然也有三角或者白芙蓉，面对许多敬畏与乞求的面孔，偶尔出现的豪横或泼赖完全影响不到他的心情，除了那些血肉横飞的事故现场让他有些许不适，这份工作带给他了全新的视觉感受与现实体验。

我似乎能够看见喝着老茶，抽着卷烟故作老练的小青年丁曦在一束晨光中的木椅上正襟危坐，宛如耶稣显世，他淡定地听着当事人双方的各执一词，用他日趋成熟的调节技法各个击破，让和谐与理解重回人间。他那平静的甚至有些木讷的表情是一种正义的暗示，他说话总是慢条斯理不温不火，用痕迹物证，经过缜密研判，划分出清晰的责任比例，还在千丝万缕的条例与法律中找到依据，通过精细演算出赔付金额，让人们相信了真理与公道在这简陋的办公室里无声炸裂。

同时，丁曦写写画画的艺术爱好也在大队崭露头角，承揽了板报与大会标语，还得到了一台海鸥120相机的使用权，不仅参与事故现场的取证拍摄还负责大队日常的一些宣传拍摄。此时的丁曦，在世俗的眼光中还算一个中规中矩的交通警察，虽然略显刻板与教条，但还在可控范畴。直到那场惨烈的交通事故骤然突发，彻底改写了丁曦的人生观与价值观。

多年后，堂哥回忆起这场事故依然神情凝重，我从他若有所思的一双小眼里看到的不仅是伤痛还有悲悯。那是1988年1月的某个清晨，这天轮到堂哥与同事夏明值守，六点十分，值班室电话急促响起，遂宁客运 40 队调度室报警称，一辆发往绵阳的大巴车在石溪浩翻入渠河。这条解放初期修成的人工河供养着这座城市的生活用水，南北横跨，渠深十几米且没有反冲带。已经有一年多工作经验的丁曦明白，大巴失事通常都警情重大，他第一个反应就是跑到大队一旁的单身宿舍挨着敲门，叫起了十来多个一批入警的同事。（因为当年没有完善的救援应急措施，消防队不需要第一时间负责交通事故的处理。所有事故救援都由交警协同事主组织社会力量完成。）交代完毕，他与夏明率先驾驶一辆三轮摩托前往事故地点。

那个隆冬清晨，天地间被大雾包裹得严严实实，能见度不超过十米，摩托由夏明驾驶，丁曦坐在侧箱中，空气中极寒的湿气令人感到一种末日的窒息。灰白的车灯僵直地杵在浓雾之中，排气筒的噪音听上去焦躁而撕裂，大概是严寒与大雾，全程二人没有过多的交流，十多公里的距离他们用了半个小时才到达。

岸边三五成群聚集着二三十人，那些劫后余生的幸存者浑身湿透，在浓雾中瑟瑟发抖（因交通原因无法及时撤离），夏明将摩托大灯直射着失事点，能看见暗蓝色水面侧翻大巴的一侧车窗，大约还有二三厘米便全部淹没。上面有两三个已经停止救援的热心人。运输公司的主管人员带着惊魂未定的司机对事故做了简短介绍，大巴是五点二十分从南门车站发出，大概五点四十失事，车上一共四十人，目前救援出二十来人。

所谓"目前"即是终结，丁曦最初听见这个数据并没有太大的震撼，夏明负责统计核实现场情况，丁曦到公路安置警示牌疏散交通防止二次事故。大队其他的同事陆续赶到，救护车将部分伤者送往医院就诊，40 队联系的吊车在七点半开始打捞失事车辆，差不多十点，打捞完毕。

这时大雾已经散去，冬日暖阳高高的悬挂在灰蓝的天空，18 具尸体一字排开在路旁，没有遮盖也没有一个家属到来，就那样规范有序地排列着，他们安静而祥和，周遭的人声与车笛一如既往，全无任何哀伤悲痛的情绪。丁曦开始近距离拍摄罹难者的照片，他能记得那一张张全无血色的脸上以及一张张暗黑色的唇，他们眼睛有的微睁有的紧闭，头发上的水渍反射着刺目的光，他甚至能感受到他们的肌肤保持着仅存的一丝柔软。最后他需要一张事故的全景照，丁曦拦下了一辆农用车，他爬车顶，阳光洒在镜头中的十八具尸体上，突然，他有种崩溃与无力感，几个小时前，他们那样的鲜活，有爱他们的人，有他们爱的人，有呼吸的自由，有人生的追逐，而现在，冰冷、无望、决绝地躺在公路一隅，只是一堆骨肉，很快就变成一堆灰白的灰烬，一切都不复存在了。

堂哥记得当时他毫无节制的按动着快门，他听着海鸥 120 快门的咔嚓咔嚓声，内心似乎得到某种慰藉，也许是为这些已经消亡的生命留下最后的记忆，也许为了缓解心中乍然产生的那股莫名的伤痛。

我仿佛看见适年不到二十二岁交警丁曦站在农用车顶，阳光穿过岸边的枯萎的梧桐枝撒在他身上，他以一种悬浮的视角注视着一排尸体，生与死的命题第一次赤裸裸地摆在他稚嫩的认知面前，虽然关于生死不是初遇，但如此悲壮的大场景是他从不曾见到的。他一定问过自己——这一切的发生是否可以避免？如果大雾不发车、如果司机能将速度控制一点、如果每一扇车窗都能及时打开、如果……可惜，这世界上没有如果，他第一次从灵魂深处强烈地意识到——安全上的每一个疏忽与放任，都是残酷而致命的。

接下来很长一段时间丁曦都被那天种种记忆所困扰，作为一个原本不太善于表达的人，他能做的只能是独自消化。也就是这年遂宁交警支队成立，并独立了宣传科，丁曦率先上岗。我怀疑堂哥欣然前往不仅仅代表他艺术细胞活跃，也像一次逃亡。他需要找一个不需面对那么惨烈的地方，养好自己心灵的创伤。

我无法判断当年那幕到底对堂哥造成的影响到什么程度，但能肯定是他日后严苛厉法关键所在。

此后的一年多，丁曦将大队宣传工作搞得有声有色，甚至还义务开办了书法爱好班，教大队一些同事学习书法。而我始终觉得这是丁曦的一场关于生命感悟的休养生息。他在办公室那张铺有毡子的书案前一定写过无数人生警句，例如"明镜高悬""大中至正""法不徇情"，在屏息凝神中解读着这些汉字里蕴含的真理，从而咀嚼着人生以及这份职业的奥义。

每当想起这一年多的丁曦，觉得背景音乐应该是《牧羊曲》。小虎与丁曦在各个点位都高度契合。一个身负国仇家恨，一个肩担伟大使命，一个蛰伏少林寺刷任务练级，一个潜伏宣传科写写画画之余阅读大量的交通通告及条例法规，都在为未来能风雨一肩挑打下坚实的基础。唯一的区别，小虎变成了觉远，堂哥则成功地运用了这段黄金时间找到了大眼的嫂子。

　　堂哥的释然与顿悟来自 1989 年的一个冬日的上午，他在阅览省队的工作指导信息时看见了一则关于"要想把道路交通管理好，就要仿效北京、上海从重从严处罚"的通告内容，那刻，在充满尼古丁的办公室里，堂哥突然觉得醍醐灌顶茅塞顿开。

　　"是啊！人们为什么要忽视交通安全？每一条法律法规都是用鲜血的教训总结出来的，凭啥你不去遵守？你忽视或者心存侥幸，某一个特定的瞬间便会引爆暗藏的危机与凶险，而代价，就是不可重来的生命。好吧，你不遵守，便是表现你心无敬畏，我的职责不仅是处理发生的，还要防患未然，我要让你畏惧，我的每一次处罚都会让你心有余悸！"

　　窗外灰蓝的天空有一轮南方不太多的骄阳，与一年前那场事故的天气如出一辙。整个世界清透无比，他在书案前铺开一张四尺徽宣，奋笔疾书下："从严管理、从重处罚"八个行草。时至今日，你在丁曦的警务座牌上依然能看见这八字静穆傲立，全无温度却又柔情似水，冷酷窒息又宅心仁厚。但凡一个男人将一个座右铭沿用三十年，你便能知道他内心是何等的执着与笃定。大概这一刻，堂哥丁曦终于明白他应该怎么将这份工作延续下去，望着书案上那八个墨迹未干的字，空气中流淌着"一得阁"特有的芳香，他心中升起了属于自己的图腾。

　　公元 1990 年，属于堂哥的时代终于来临。他从宣传科转职来到了道路执勤交通管理部，所有江湖传奇就在此刻展开。丁曦用自己的血肉与言行塑造出了一个老遂宁人心中不可复制的"丁曦"。你恨也好骂也好，他就是遂宁道路上最拽最靓的仔。

　　如果说此时的他还有一丝青涩，对于职业信条还有些许质疑的话，两年后，一场发生在他身上的车祸，彻底让他浴火重生大彻大悟，从此走向流量的巅峰。

1992 年 7 月 4 日，堂哥睡了一会午觉，起来吃了嫂子做的半碗去皮白糖西红柿，骑着摩托由南往北上班执勤，途径政府街交通局路口，为避让一辆高速右转的载货农用车，他撞上绿化带隔离墩，凌空飞出十几米摔在水泥地面。当他再次醒来，已经是 7 天后的清晨，堂哥的第一句话就是对病床前的嫂子说："糟糕，躺多久了？下午给我请假没？"

我以前看国产老片，觉得那些弥留之际的党员挣扎着用最后的力气握住同志的手说"我的党费在柜子里"时，总是认为不够真实，是文艺工作者的一种缺乏实际的美化臆想，直到堂哥身体力行地告诉我，一个人的组织纪律观念一旦深入骨子，这是完全有可能发生的。

而丁曦的所有记忆都定格在了那碗冰镇去皮白糖西红柿入口的甘甜与清凉，怎么骑车，怎么发生事故全然没有记忆。我迄今还能记得起昏迷期间我去探望他时的境况，他满头纱布，只有两个鼻孔插着管子，病房里人满为患，奶奶低声告诉我不知道能不能醒过来。当年我还少不更事，但依然能从她的语气与神情中感到一种不容乐观的沉重。

车祸造成堂哥大面积软组织受损，多处骨折，最严重的伤在头部，他的左侧一块十来厘米的颅骨破碎，差一点伤及脑组织。我不知道他在昏迷的时候是否看见了马克思，而马克思抽着烟斗对他说："交通工作还没作出什么成效，你怎么能来？"三个月后，堂哥康复出院，他因此多了一个江湖外号"铁脑壳"。就此事我特地问过堂哥，修复他脑袋的是不是一块钢板，堂哥白了我一眼说："什么钢板，是一块硅胶。"

当堂哥再次出现在遂宁街头时，那些熟悉他的司机都折服他的命大，甚至有人想把他的工作照做成吊坠，挂在后视镜上辟邪。严格说这次车祸让堂哥有点毁容，他右眼眼角与嘴唇处都留下了明显的疤痕，所幸堂哥原本颜值不高，下降空间有限。所以，如果那些年你在街头邂逅过我堂哥，你可以一睹他的威仪。适年二十六岁的丁曦穿着色彩炫目的马甲，胯下一部追风嘉陵125，手持便携式雷达测速仪，腰间猪腰子包里有一本处罚通知单与一叠定额发票，以他特有的方式成了遂宁交通的护法韦陀。道路就是他的婆娑世界，不守交通条例的司机就是他的人间邪佞，扣分罚款就是他三洲大法论，扫除众生无妄之灾，于斗城中燃正法之灯。

九年的时间，堂哥一直在这一岗位坚守，成了一代司机的梦魇。他还练就了一项绝技，就是任何违规行为他都能精准说出你到底违反第几章第几条，因为当年凡是开出处罚单必须填报，以至于他肩前的对讲机时常成为交警热线。2009 年堂哥重回事故科，五年后，他调职静态交通管理部门至今。三十多年过去，丁曦从一个懵懂青年到已知天命，他说自己目前为止没有什么遗憾，他对得起这身警服。

前段时间他来我办公室喝茶，我说哥，你作为遂宁家喻户晓的传奇，我很想写你一篇小说，让文字记录下这个城市曾经出现过的那些人，因为城市的故事就是生活在这里的人的故事。堂哥点头表示同意，我说哥说实在的，遂宁被人背地里骂过的如果排名的话，你怎么都应该在前三名之内，在我这篇文章里你有不有什么想对遭过你罚单的广大司机朋友说点什么？堂哥想了想说："你骂我说明你还能骂我，你还能骂我说明你还活着。活着就是件值得高兴的事，遵守交通法，大家都好好地活着吧。"

天赋异禀之斗城秘密档案

——第一季全 9 集

先知曾美丽

曾美丽是小学二年级发现自己有特异功能的。

那天她与一群小孩在宿舍楼下玩，突然觉得时空静止了，宿舍三楼一家住户的厨房发出了巨大的爆炸声，一只直径 40 厘米的高压锅破窗而出，带着狰狞的碎玻璃从天而降，砸在了两个伙伴的头上，鲜血顿时满屏了曾美丽的视线，她惊叫一声回到现实世界，原来都是幻觉。

几个小孩向她围了过来询问缘由，就在这时，刚才浮现的那一幕真实地发生了，而因为她的惊叫使得原本遭此厄运的小孩逃过一劫。

后来这类似的事情不断发生，比如试卷一交就能知道最后得分、知道下一届班干部名单、知道中午老妈炒的回锅肉还是鱼香肉丝……这种未卜先知的超能力深深困扰着少先队员曾美丽，这与她从小到大接受的唯物主义教育形成了强烈的落差。

曾美丽不敢告诉任何人，直到高二的一天，她正在姥姥姥爷家做作业，突然预感到正在河边钓鱼的姥爷将遭遇一场惨烈的车祸。曾美丽丢了书便往河边跑去寻姥爷，说姥姥摔倒了赶快回去看看。姥爷急忙收拾渔具离开，这时一辆失控的农用车飞驰过来，将刚才垂钓区域全部碾压。

这惊魂一幕使得姥爷疑窦丛生，曾美丽只能将自己的特异功能如实交代，并希望姥爷为自己保守秘密，因为她不希望自己被世人看着神棍或者巫婆。姥爷得知真相后激动地说，他爹也就是曾美丽太姥爷就有这种预测未来的能力，但是自己和几个兄弟姊妹以及子女都没能继承到，没想到隔代遗传给了孙女。

姥爷告诉曾美丽，当年旷继勋到遂宁蓬溪县领导起义，一眼就相中了苦大仇深的贫农子弟的太姥爷，而太姥爷在听了旷继勋讲了什么是共产党，什么是社会主义后，心中的一切阴霾都被吹散了。他不仅看见了欺负他家多年的丁地主被群众批斗的悲惨下半生，还看见五星红旗插满华夏大地，甚至看见毛主席在天安门城头上说"中华、人民、共和国、成立了"。

太姥爷当即决心投身共产主义伟大事业，并为蓬溪成为西南第一个县级红色政权奉献了自己的一分光与热。起义成功后，太姥爷追随旷继勋辗转多处，先去了上海，又到洪湖根据地，再到鄂豫皖根据地，而这份特殊的能力使得他多次化险为夷。

可是太姥爷是个文盲，虽然作战勇猛但始终没法往更高层面上发展，毕竟大老粗只有在连续剧里战斗力才可以美化，而现实

里是无法成为一个智勇双全的牛人的。旷继勋就让太姥爷回到老
家蓬溪，一边学习，一边做革命工作，并约定等太姥爷具备一定
文化知识后，回到自己身边工作。

　　为了这个承诺，太姥爷发奋苦读，三年后不仅能够轻松阅读
共产党章程，还学习了《孙子兵法》《三十六计》等传统战争工
具书。恰好旷继勋当时在川陕边界三坝西南地区的"空山坝战
役"中大获全胜，太姥爷觉得自己火候已到打算前往投奔，就在
启程前夕，太姥爷吃过晚饭，在院子里乘凉，突然夜空出现了幻
化的影像，他看见在一间幽暗的房间里，被射杀的旷继勋军长，
看见一个长着一张大方脸的男人阴险猥琐的微笑，从一束反派专
用的下打光中太姥爷知道这个人就是那个幕后黑手。

　　太姥爷心急如焚连夜启程，他希望在事发前能见到旷继勋首
长助他逃过此劫。正如大家所知，旷继勋最终被秘密捕杀于四川
通江县洪口场。后来太姥爷知道害死旷军长的人叫张国焘，这件
事多年来成了太姥爷无法挥去的心病。直到 1979 年太姥爷才如释
重负，因为他看见在遥远的多伦多的简陋养老院里，那个叫张国
焘的反动派凄凉地结束了他丑恶的一生。

　　听完姥爷的解密，曾美丽首先为自己是红四代感到自豪，其
次为困惑自己多年的未卜先知找到了其存在的合理性而欣喜，最
后，这一堂意义深远的革命爱国主义教育大课让曾美丽认识到，
老一辈无产阶级革命家，为了这片土地上的生灵有一个美好的未
来，是如何将自己的青春与热血无私奉献的。曾美丽很激动，立
志不久的将来，出身社会后一定要将老一辈无产阶级革命事业薪
火相传。

当然，此时的曾美丽并没有确立自己一生该为之奋斗的目标，也没有想过未来从事的职业。大学毕业后，曾美丽一边读研一边投身公益事业，但是一个问题深深地困扰着她，那就是，她觉得自己的超能力辐射面始终有限，无法帮助更多需要帮助的人。

究竟应该如何在实现中华民族伟大的复兴道路上奋勇向前有所作为？如何让人民能够幸福快乐的生活去创造更加美好的明天呢？

有一次曾美丽浏览遂宁市总工会的招工信息时突然发现，所有较高收入的岗位对于学业要求都比较高，所以，要想人们活得更好提升学历无疑是最为快捷的路径之一。这不正是继承发扬了先烈们的遗志，为人民的幸福而为之奋斗的事业吗？

曾美丽终于释怀了，也就是从这天起，她义无反顾地投身于提升全民学历的伟大事业之中，通过几年的潜心专研，她熟悉了全国成人教育提升的所有的方式，自考、成教、网教、国开，掌握了各种提升机构的关键所在，能全方位根据你的状况，比如年龄、学历、行业，为你量身制定一个适合你的报考方案。

前段时间曾美丽的"今天教育"挂牌成立，她带领着一群同样执着与博爱的年轻人，用新时代的方式成就着人民的富强与梦想。

狼人柯小威

严格说中国人的体质是不适合成为狼人的，柯小威用自己身高一米八外搭双下巴，体重一百七外搭双眼皮的肉身，填补了中国狼人的空白。

他家祖宗八代都没有海外关系，也从未涉足狼人盛行的遥远西方，对于自己如何成为狼人柯小威唯一解释就是他一个小舅在消防队当参谋，幼年时经常去消防队玩耍，最爱干的就是给搜救犬喂食，有一次由于手掌摔跤被擦破了皮，被一只德牧舔了，狗妈便引进于华盛顿州。我们知道，《暮光之城》的雅各布就来自于此，属于时空伴随者，传播风险很高。

所以柯小威对万恶的美帝国从小就保持了高度的厌恶与警惕，当年克林顿访华，柯小威就渴望能混入迎宾队伍中，寻找机会报一舔之仇，最后由于没有筹集到路资而作罢。

柯小威狼人人生的分水岭是小学三年级那次变异发作，他被美女班主任王老师抄写二十遍语文试卷，那天临近中秋，凌晨十二点，一袭皎洁的月色投射在书桌前，与惨白的台灯融合在空间的深处，望着还有七八遍的试卷他离奇的愤怒了，突然浑身的肌肉胀痛难耐，就像拉肚子一样无法控制，喉咙奇痒如万蚁打洞，他对着那轮圆月震动胸腔与深喉，发出一声狼嚎，之后身体全面失控，头、手臂、后腿、胸大肌急剧的变形扩充，他，或者它，看见自己吹弹即破的肌肤裂变得暗淡粗糙后急速长出的狼毛，手指骨骼变成尖利爪子，看见凸起的前嘴上锋利的獠牙与冒着白气的鼻孔，小小的校服被无情地撕裂，柯小威跃上窗台，又是一声长嚎，他觉得自己有必要去找罚抄试卷的王老师理论理论，出发前他依然抓起红领巾系在了胸前，觉得这是自己最后掩体与依靠。

　　这个细小的举动很可能救了他一条狼命，因为当夜四川省军区实弹演习，飞行中队经过遂宁上空发现了变形后的柯小威，不是雷达扫描到它胸前的红领巾很可能就开枪射击了。虽然狼人修复能力惊人，但在导弹与机关炮的密集扫射下，死亡概率也是相当大。

　　多年前的那个中秋之夜，还有部分老遂宁人看见一只系着鲜艳红领巾的狼人在月色下的屋脊上跳跃前行，有人觉得这是资本主义被共产主义战胜的前兆，这个诡异的画风成为目击者秘而不宣的美好愿景。

　　狼人少先队员柯小威来到校园里王老师的宿舍楼下，或许是仅存的人性，或许是胸前飘扬的红领巾，使得他没有破门而入对其进行人身攻击，而是拾起一块石头朝王老师的窗户上扔去，房里传出一声压抑的惨叫，作为狼人第一次行凶柯小威有些慌乱，转身朝校门跑去，与闻声前来巡查的门房丁大爷撞个满怀，四目相对，柯小威听见丁大爷以一种古怪的腔调说道："喂尔的符。"他当时以为是茅山道士的一句驱邪法咒，奔逃回家，一夜无眠，天明时分才恢复了人形。

　　第二天上学，他发现王老师并未受到创伤，只是陈校长头上缠了几圈纱布。当然这不是重点，重点是门房丁大爷因玩忽职守被学校开除了。

　　几天后一个清晨，丁大爷出现在学校外的一棵梧桐树下，等到上学的柯小威，迎上去说："我知道你就是那晚砸玻璃的小孩。"柯小威没有否认，他从丁大爷那双浑浊的眼中看到一种笃定的力量，"你必须要控制自己情绪，遇到月圆之际，更是需要心平气和，否则在神州大地狼人是没有空间的。"柯小威心中一暖，觉得这就是失散多年的至亲，他快快问道："我该怎么办啊？"丁大爷嘴角淡淡一扬道："学习书法。"柯小威惊道："我书读得少，你不要骗我。"

丁大爷哈哈一笑，点起一只老红梅讲了一个关于自己亲历的故事——当年抗美援朝时丁大爷所在小分队在一次突袭行动抓获了一个美国狼人安德鲁，无论怎么给他宣读马列主义都不能感化这个半人半兽，丁大爷无聊地将狼人胸毛拔下来做了一支毛笔，并教他学习中国书法，后来安德鲁竟然爱上了书法，书法让他心平气和岁月静好，无论月亮多圆多亮都能控制得很好，只有在思乡心切或者发情无果时才短暂变异。后来战争结束交换战俘，安德鲁重获自由，对丁大爷表示以后回国一定将中国书法带回去治愈那些深受变形之苦的同族。

"中国书法博大精深，无论中西，都有治愈效果。"丁大爷总结道，柯小威心悦诚服地点头，觉得面前这个其貌不扬的大爷比辛康纳利还帅，丁大爷从怀里掏出一支毛笔递过来道："这支笔我保管多年，是安德鲁的胸毛做的，留给你做个纪念吧。这才是真正意义上的狼毫，其他的都是黄鼠狼毛做的。"柯小威双手虔诚地接过，感动得热泪盈眶，他说："首长，我一定好好学习书法，控制自己的情绪，不给社会给人民添乱。"丁大爷欣慰地点了点头说："小屁孩儿，我只能帮你这么多了，再见。"望着丁大爷离去的背影，他喊道："昨晚你对我说'喂尔的符'是什么意思啊？""WEREWOIF，狼人。"丁大爷说着，没有回头，消失于街角。

从此以后，柯小威便潜心专研书法，从唐代颜真卿楷书入门，多年临习《元彬墓志》《书楷》《大观帖》，对魏碑墓志、"二王"和孙过庭、米芾进行了系统研究，所作行草追求晋人风韵，典雅俊秀，温润静穆。通过三十多年对书法的孜孜不倦上下求索，不仅有效控制了"WEREWOIF"变异体系，书法的造诣更是炉火纯青。

前几年他成立了以自己名字命名的书法工作室，致力于中小学生的汉字规范书写，他觉得人世间大多数人心中都住着一只未知的野兽或恶魔，书法可以净化心灵，可以封印那些原本的邪恶与不良。他作为受益者有责任将这道金色福音传播出去。

故事到此基本告一段落，最后说件事，这些年柯小威还有一个爱好就是自制毛笔，用过他的毛笔的书友都说虽然外形不咋地，但笔性健劲弹力十足且姿媚丰腴，散发着一种自然与野性的味道，但没有人知道他是用的什么毛做的。

火神魏林

1987 年的除夕之夜，小学生魏林在春晚上第一次听见《冬天里的一把火》，那个一袭红衣的英俊大叔狂暴地扭动着身体，让他想起周口店的华夏先祖正在钻木取火，热情奔放的歌声燃烧的不仅仅是那个寒冷的夜晚也使魏林觉得体内某种热能被开启，他觉得与班花小隽有关，而这夜，他在梦中经历了人生第一场梦遗。

第二天早上他闻见被子里有一股焦煳的气味，他的内裤正裆处有被烧焦的痕迹，魏林百思不得其解，将此事告知了表哥，表哥仔细研究了那条纯棉内裤后得出了答案——魏林一定有梦游症，半夜溜出去放了烟花，很可能将一个"地老鼠"放在裆部燃放了。

这个结论使得魏林汗毛倒立，因为这个高难度过程稍有闪失小弟弟肯定将遭受灭顶之灾。表哥安慰他，能在那样的恶劣状态下毫发无损，甚至还长出了几根象征男性的毛发说明上苍是眷顾他的。但是魏林没有从这个牵强的安慰中感受半丝欣喜，他感觉到体内有什么发生了无法逆转的变化。

从此以后，每年魏林身边时不时地都会发生一些关于火灾的险情。比如他注视某个女孩的背影，很可能女孩的头发就会突然燃烧；比如他望着阳台上的一节香肠，很快那节香肠就热气腾腾外焦内熟；最严重的是高中那年奥数竞赛，魏林作为学校选派的头号种子选手与全市精英对抗，当时他遇见了一道难题，思索良久终于明白了解法，他舒了口气，而这口气伴随着一阵焰火喷泻而出，烧掉了试卷以及半张桌面。虽然事后事件被教委和谐，但是出于安全考虑，魏林还是被学校劝退了。

这对于德智体美劳全面发展的魏林无疑是场灾难，北大清华的梦想纷飞湮灭，连空气都变得稀薄。在喜迎香港回归的那个深夜魏林喝光了一瓶沱牌枸杞酒，屈辱与悲伤在酒精的催化下变成了一团炽热的烈火，他从皇冠灯向南狂奔，在北福广场时他全身已经被火焰包裹，有少数老遂宁人目睹了这神奇的一幕，但他们都理解成这只是一个爱国的行为艺术家用这种方式在庆祝香港回归祖国的怀抱，他们不知道这是一个被火折磨的少年绝望的奔逃。

在油坊街口魏林伤心欲绝地跪拜于地，吸引旁边一家亮着粉色荧光灯的小发廊几个失足妇女开门观望，发廊里的 CD 机传出刘德华深情而悲怆的歌声："冷冷的冰雨在脸上胡乱的拍，暖暖的眼泪跟寒雨混成一块……"魏林悲从心来，想起辍学、想起小学暗恋的小隽、想起未来这些失控的火随时可能让自己面临各种纵火罪名指控，他哭了，他能感受到泪水涌出与火交融时吱吱的裂响，还能闻到盐在火中挥发是煳香，他不自觉地跟着刘德华的颤抖尾音哼唱起了这首新歌《冰雨》，而火焰也在歌声中渐渐熄灭。

这时一个好心的大姐回过神来，惊呼道："119！搞快打 119！烧死人了！"魏林抬起头望着那位丰乳肥臀的妇女觉得比东方不败还妩媚惊艳，他说："姐，谢谢，不必了。"

也就是从这天起，魏林掌握了控制火的技巧，也是这刻他立志这一生都要与火对抗。

他没有选择去当消防官兵成为伟大的逆行者，而投身于消防的工程事业，这与贪生怕死无关，因为他立誓要通过一己之力将火灾扼杀于未燃，这一干就是二十多年。

2017 年全国推行智慧城市，而智慧消防首当其冲成为智慧城市重要组成部分。魏林当机立断成立了遂宁智慧消防运维中心，一千多平方米的运维中心成了他新的圣殿，勇士魏林蛰伏于此如一条观音湖畔的老龙，用"互联网+消防"的全新模式，为遂宁这座崛起的美丽城市保驾护航。

麒麟臂老朱

几乎没有人能记得出生前的感觉，老朱是一个意外，他对自己出生前后的记忆如数家珍。

那个炎热的深夜，胎儿老朱厌倦了蜷坐的姿势，他蹭着胎衣旋转了180度，头下脚上希望借助视觉的改变从而改变对事物的看法。他听见母亲对父亲说："动得厉害，怕要生了，痛……"一阵剧烈地颠簸，老朱明白自己坐上了父亲那辆三轮车直奔卫生院，并不断安慰母亲说："忍忍，再忍忍，马上到……羊水破了……忍忍……"他觉得这个男人的慌张与他年龄不相匹配，有什么大不了的呢，不就是浴缸的塞子拔了漏水了呗。

老朱躺在卫生站的接生床上听见房间里嘈杂的人声，他感觉到母亲用力将自己往外排挤，但是脐带在自己翻动时缠上了脖子，他听见一个女人说："得手术，不然危险。"

老朱终于忍不住了就准备自己为自己顺产，他将双手臂伸出体外一把推开了那个建议手术的护士，形成了遂宁最早一个医患发生冲突的社会事件。混乱中老朱恰好抓住了一把手术刀，他轻轻一掰，握住小段刀片缩回胎衣，手起刀落割断了脐带，匍匐着爬了出来，人们记得初生儿老朱那双沾着血水通体腱子肉的手臂。

清洁工丁大爷目睹了这一幕，惊得扫帚落地，脱口而出："麒麟臂！"

我们知道，麒麟臂是每一千年出一个，上一个是步惊云。老朱十二岁时被遂宁体委发现了，和平年代的"麒麟臂"体育竞技无疑是其最好的归属。面对众多科目老朱笃定选择了网球，因为他从小的偶像就是"铁金刚"玛蒂娜。短短三个月的学习训练，他就代表我市在全省拿到了第一名，当年整个遂宁体委都为之疯狂，所有人都断言未来能在温网拿大满贯的中国男人只能是老朱。

有一天，老朱训练完在公园游泳池外遇见两个社会青年堵住游泳队的一个女生调戏，老朱觉得自己还小不应该去管闲事，就在擦身而过的瞬间，老朱与女生四目相对，对方眼神中的恐惧、羞怯、悲伤以及祈求刺痛了老朱的心，使他无法视而不见，大喝一声："放开那个女孩。"

面对一个小屁孩的呵斥，其中一个青年觉得很搞笑，他一掌将老朱推到地上，说："滚回去吃奶，再来老子放你的血。"

老朱叹了口气，从地上爬起来，拍着屁股上的灰，走过去抓住两人的腰带，一手一个抛了出去，伴随着凄惨的尖叫，两个青年形成两道抛物线，飞越过游泳池四米的高墙，跌进了池子。老朱那双麒麟臂在夕阳下镀上了金色的光晕，成为老体校人传颂的经典。

两个滋事青年一个一只腿落下终身残疾，另一个惊吓过度精神出现问题，所幸老朱属于未成年人，但出于安全考虑体校含泪将其除名，永不录用。

据说后来南门北门市中区的黑社会对老朱趋之若鹜，都希望能收入麾下，因为当年城市大兴土木有很多拆迁项目，老朱不仅可以用倒拔杨柳或者空手劈麻条石一类的绝学震慑那些拆迁户，还可以省去打桩机推土机一类的机械费，百利而无一害。但都被老朱严词拒绝了，他知道拥有麒麟臂又加入帮派肯定没有什么好下场，这点在步惊云身上得到了充分体现。

高中毕业后，老朱接班去了纺织厂当了几年电工，工作期间也是屡建奇功，相传他用双手扶起过侧翻的准载 50 吨的载棉车救起被压的装卸工，还为了不影响生产，徒手换下一个短路的干式变压器。本来老朱准备为遂宁纺织奉献自己的余生，改革的春风将他推向了更广盈的世界，印证了那句"金鳞岂是池中物，一遇风云便成龙"的千古名句。

下岗后的老朱重新拾起年少的梦想——网球，他考取了一级裁判资格投身于网球事业，同时成立"麒麟网球培训"，为遂宁人强身健体贡献自己绵薄之力。私教每小时 100 元，年轻貌美的女性 150 元，因为老朱有些担心再次发生学员被社会闲杂骚扰，那样他就控制不住自己出手，万一失脚失手，现在法制社会，很可能吃官司。

听风者刘建

八十年代初，刘健出生在四川一个较为偏远的小山村，到场镇上赶趟集都要徒步三四个小时那种。好在国家农业政策的全面改变，父母憨厚淳朴，用勤劳的双手经营着一家人的生计，不说要啥有啥，也算丰衣足食。

刘健没能上幼儿园，终日与山林田野为伍，嬉戏之余他习惯闭上眼聆听世间的声音，那些蛙鸣、蝉叫、鸟啼，那些树叶的摩挲，堰塘鱼虾的扑腾，犁头破泥的撬裂，填补了他寂寞的幼年。慢慢地，刘健能听到百足虫从房梁上爬过，听见云彩从天际飘过，听见露水从玻璃上流淌，这些细小的声音为他构建出了一个丰富多样的大千世界。渐渐的，他的耳膜开始捕捉到空间中的无数电磁波，并从其强弱、长度的波动中找到了特有的规律，这些规律在他半自觉的解码下变成了文字，最后，他用自己的肉身收听到了中央人民广播电台。

当第一次完整地听完配乐版《义勇军进行曲》时有一种神奇精神在刘健的体内激荡，他懵懵懂懂地知道这个民族的坚强与勇气，他第一次为自己是中国人而自豪。

这年他差不多五岁，原本朴实无华自然和谐的世界变得多姿多彩妙趣横生。通过广播，刘健不仅学了五讲四美三热爱，树立了正确的人生观与世界观，还学会了唱歌，每次上山砍猪草他都会挥动着镰刀哼唱着那些美妙的歌曲，可能是李谷一的《年轻的朋友们》、邓丽君的《甜蜜蜜》或者郑绪岚的《牧羊曲》，歌声在村庄的上空回荡，为田间地头的村民们带来无穷的欢乐，大家怀着喜悦的心情劳作，产能得到很大提高，加上那些家畜也被歌声感染，繁殖能力大幅上升，抵抗力也有效提高，所以当年他们村很快就脱贫致富，出现了多个万元户。

当然，刘健最爱的还是讲书，每个无雨的黄昏，他在自家的院坝，附近的小孩都提来小凳子坐成几排，他就开始讲单田芳的《明英传》《三侠五义》《隋唐演义》，特别是《林海雪原》与《红岩》，更是如数家珍。以至于多年后，那些听了刘健评书的小孩中出现了多个战斗英雄。他们在接受采访时都无一例外的提到当年听同村小伙伴的评书对自己造成的影响。

后来小朋友刘健的事迹被县里知道了，派来宣传干事老丁，希望以此为原型塑造一个八十年代新时期的儿童典型。老丁是退伍军人，曾在神秘部队701当过教导员。他在与刘健沟通后敏锐地意识到，眼前这个小孩应该是天生的监听人员，居然能将人体无法接受的电波转换成声波进行收听，也就是说刘健将是全世界第一个，无须电声器械转换声频信号，无须声频放大器放大，无须振捣器产生振荡信号，无须检波器将信号还原声频的异能人士。他的耳膜就是接收器，大脑就是台收音机或者电台，这种神奇的技能在战争时期将发挥不可估量的作用。

老丁本着以人为本的宗旨告诉刘健，这种特异功能将来能为国家为人民作出重大贡献，比杨子荣还杨子荣，江姐还江姐，还声情并茂地讲述了听风者何兵的光荣事迹。但现在首先是好好学习基础文化知识，将来才有更广盈的服务空间，并将刘健推荐到县小学读书。刘健当即表示一定会好好学习，不负老丁重托，有机会成为第二个何兵。彼此约定十年后相见，由老丁引荐到701处投身革命事业。

十年弹指一挥间，高中毕业刘健找到老丁，说自己已经准备妥当，准备参军保家卫国。老丁笑了笑告诉刘健，这十年来科技技术已经突飞猛进，计算机数据化分析能力已经远远超过了肉体所能达到的最大极限，所以如果你希望以这种方式参军已经没有了意义，你还是继续读书吧。刘健表示，这么多年他心中只有一个愿望就是早日为社会做贡献，如果部队不需要自己，那么就应该投身地方经济建设。老丁说既然你心意已决想干什么，刘健说与声音相关的都行。老丁想了想说他认识一些做家用电器的，有兴趣可以去做音响。

于是，九十年代末，刘健出现在了遂宁市大东街的一家音响店，从守夜、音响组装、销售做起，只用了不到一年的时间，就声名鹊起，成为流量之王。这个个头不高一脸稚气的小伙子使得遂宁几代发烧友五体投地。他能从音响接通电源的瞬间告诉你这个音响属于什么级别的产品。用梅尔·吉布森的《勇敢的心》告诉你什么是频率响应，用张国荣的《侧面》告诉你什么是信噪比，用汤姆·汉克斯的《拯救大兵瑞恩》告诉你什么是动态范围，用苍老师与波老师告诉你什么是失真度，用许美静的《城里的月光》告诉你什么是瞬间响应，用约翰·屈夫塔的《断剑》告诉你什么是立体声分离度。

刘健还将马三立的包袱、单田芳的讲述结合自己对于音质的高度辨识与认知，融合于音响销售之道中，形成了属于自己的销售风格，以至于看他售卖音响的本身也成了一种享受。有人曾惊叹刘健销售音响的过程是"合于《桑林》之舞，乃中《经首》之会"。

而今，遂宁市大东街的电器史早已载入历史，刘健音响专卖店也几易其名辗转多处商场。二十多年过去，他依然沉溺于音响界，因为，他相信，自己不是在贩卖音乐，而是快乐。虽然此生无缘破译敌台截获情报，成为那个真正意义上的"听风者"，但也用自己的异能造福了人民。

前几年刘健成立了"爱悦家庭影院方案处理馆"，门店坐落于健坤城喜盈门建材馆的四楼，后辗转搬迁到居然之家一楼黄金中庭。他习惯泡一壶老生普，用耳膜链接上蓝牙，在宁静中，听一曲自己喜欢的曲子。

忒弥斯·亚琳

亚琳是目前船山区唯一一个有过第三类接触的女性。从而改写了丘陵地区人口稠密不招外星生物待见的科学谬论，刷新了东川巨邑一千多年来与宇宙未知生物沟通的历史空白。意义不亚于张骞通西域。

亚琳出生在一个完美的家庭，父慈母爱丰衣足食，但她的童年严格来说不太幸福，因为所有电子产品在她有效范围都会出现这样或那样的失灵，也就是说悲催的亚琳小朋友不能玩电动、不能看电视、不能用电脑，甚至不能打电话。

后经过北京某科研机构研究发现，亚琳的神经元素突触后电位的频率是人类正常指标的百万倍，脑电波能量已经达到干扰所有物理电子的程度。以至于她时任文化稽查大队的大伯，在每次与公安机关联合执法打击电子游戏赌博的专项整治中都会抱着亚琳一起行动，利用她超强的脑电波干扰那些苹果机、水果机、翻拍机、转转机等系列电子赌博工具。使得那些隐藏在民居里或秘密空间的赌徒们无奈作罢，作鸟兽散，出来一个逮捕一个，也算为遂宁打黑除恶立下汗马功劳。这应该算亚琳最早以一己之力除暴安良的光荣事迹。

不过大家可以想象，在九十年下半期那个电子崛起的时代，亚琳幼小的心灵受到何等的折磨与煎熬，如同一只迷失在可可西里的离群小藏羚羊，望着神秘莫测的天地，忍受着迷失、恐惧与孤独。

亚琳九岁那年的除夕夜里，家人们在客厅看春晚，亚琳则独自一人关在房间里玩一群芭比，当《难忘今宵》音乐响起，全城爆竹齐鸣，她望向烟火盛放的窗外，东南方向出现了一艘荧光蓝的不明飞行物，那个物体似乎凝顿在那里，与周遭的那些不断爆裂的烟火形成了强烈的反差，又似乎高速旋转着，宁静的淡蓝色光晕像上帝睁着的一只眼。但她还是能感觉到对方的友善，后来一束柔和的光从飞行物里延伸出来，像一只温情的手抚摸到了亚琳的脸上，那是一种清凉而永恒的触感。

当亚琳从那种美妙的感受中苏醒过来，一家人守着灵魂出窍的她已经超过两小时，据亚琳父母回忆，女儿双目微闭一脸祥和，浑身被一层薄如蝉翼的柔光裹体，酷似少女版妙善公主。恢复意识的亚琳睁开双眼，望着惊魂未定的父母平淡地说："Themis。"

多年后，亚琳依然无法说清楚自己怎么会读出古希腊神话女神的名字，唯一的解释就是外星生物在她潜意识深处植入了这个象征性的道具。不久伊拉克战争打响，由于这次第三类接触被国际各大媒体争先报道，小布什政府获悉中国四川遂宁船山区有个小女孩的脑电波磁场惊人，许以重金绿卡希望亚琳能参与这场战争，主要工作就是干扰萨达姆与其禁卫军的联系，但被亚琳拒绝了，她给美国国防部的回函里首先强烈谴责了帝国主义发动的这场侵略战争，让伊拉克无数老百姓流离失所，让小朋友生活在硝烟与恐惧中，没有饭吃也没书读，自己绝不会为了美元与绿卡放弃一个热爱和平的小朋友做人的底线，她甚至提出希望美国能提前结束这场毫无正义可言的战争，因为公道自在人心，所有邪恶的掠夺者都终将站在忒弥斯面前接受审判与制裁。

这封回函被不少专家学者赞誉有加，甚至说是继海瑞《治安疏》之后的《白话天下第一疏》，一个是对封建专制主义，一个是对帝国霸权主义，堪称双星合璧光耀中西。

那次与外星文明的亲密接触不仅在亚琳心中烙印下了Themis印象，还半自觉地掌握了如何控制脑电波对物理电子的干扰，随着年龄的增长，曾经的困扰早已不复存在，亚琳利用自己超群的记忆与理解以及勤奋与执念，成功当上了一名律师。她要成为活在当下的Themis，为黎民苍生寻求秩序与正义。

亚琳现就职于遂宁某律师事务所，擅长民事诉讼，亦是援助律师。在那些晴朗的午夜，亚琳习惯仰望星空寻找天秤座的星群，偶尔她能找到那唯一一颗能用肉眼看见中文名为"氐宿四"的绿色星球，就像人世间的那些被邪恶与伪善掩盖的真理，人们可能看不见，但却不可否认它永远真实的存在，自己要做的就是去寻找出来，让它照亮黑夜。

兽语者黄二哥

当年黄二哥是黄角村唯一一个被保送到遂中的高中生。

每学期他都将自己在年级的排名拿回乡里作为乡亲们的快乐之源，大队书记老丁每次都老泪纵横，觉得小黄是全乡的希望，将来就算不能拜相入阁也必将是黄角村一块金字招牌，可能文旅系统会拨专项资金弄一个"黄二哥故居"一类的 4A 景区。

黄二哥高三那年，老丁将自家老母猪下的两头幼崽抱到了大队的猪舍，他将全村的人召集到猪舍外的坝子里宣布，这两只猪由大队各户轮流照料，等黄二哥考上大学，就用这两只猪的肉体去庆祝这份伟大的荣耀。

在一百多号村民的鼓掌声中黄二哥走到老丁旁边，捧起这对猪仔，他望了眼喜极而泣的双亲，本来想说感谢我的爸爸妈妈感谢乡党委的关怀一类的虚话，但一时语塞，于是依次亲吻了猪仔，然后又亲吻了老丁，他说："丁书记，等着杀猪吧！"

老丁还算有些会场经验，觉得黄二哥这句话确实没什么水准，带头鼓掌救场并补充道："小黄，你给两猪仔取一个名字吧。"

黄二哥想起了高三一班的赵飞与八班的谭杨，他们与自己都是有希望角逐清华北大的优秀学生，他说："就叫他们小飞与小扬吧。"

老丁说："好好，筑梦大学，我心飞扬，不错，不错。"

一年很快过去，小飞与小扬长势喜人，黄二哥成绩也名列前茅。但天有不测风云，高考前两天的晚上黄二哥急性阑尾炎发作，所幸被学校及时送到医院做了手术，只休息了一天就奔赴考场，两天的会考他两次晕厥过去，成为那年另类考生的模范被新闻媒体大肆宣传。

考分总是毫无温度不容辩驳的，黄二哥勉强上了二本线。虽然二本还是大学，乡亲们准备杀猪相庆，但黄二哥心里的那份自责却无法使他释然，他觉得这份成绩不仅愧对乡亲父老愧对老丁还愧对小飞与小扬。在黄二哥的竭力请求下，他申请到在家复读一年，立誓来年再战。

他将寝室搬到了猪舍旁的一间彩钢棚里，并将复习用的桌子与凳子安置在猪舍中央，在学习之余他望着小飞与小扬，看它们吃猪草吃饲料喝潲水，看它们嬉戏与睡觉，听它们"唵哧扑哧"的叫唤，然后也对小飞小扬倾诉自己心声。渐渐地，黄二哥觉得自己能够从它俩的叫声里听出一些简单的单词，他意识到这就是传说中的兽语，这在《创世纪》里的诺亚与《一千零一夜》开篇那个无名农夫的故事里都有印证。他开始尝试着与小飞小扬沟通，一段时间之后，黄二哥不仅能听懂猪语还能与其展开交流，用英语级别对应相当于"猪语六级"，而且，兽语这个潘多拉魔盒一经开启，黄二哥运用猪语的规律与技巧，听懂了狗语、牛语、猫语、羊语、鸡鸭鹅语，甚至听懂了鼠语。

黄二哥敏锐地察觉到自己的这项技能解决了动物医学上的一个旁人无法突破的领域——医患沟通。人类与动物的医学原理是一样的，人类医学讲究"望闻问切"，但人类与动物无法沟通，不知道他哪里不舒服，哪里痛哪里痒，心不心悸，睡眠好不好……现在他能够解决这个问题，这也意味着他能够将一些动物疾病更为精准地做出诊断与防控。

这年黄二哥报考了四川农业大学，主修动物医学。在与小飞与小扬的告别的那晚，他请两头肥猪喝光了十斤高粱酒，三个异族兄弟抱头痛哭，小飞小扬鼓励黄二哥为家畜的有限的生命提供高质量的生活品质，而黄二哥表示自己一生将致力于动物医学，将来有一天成立动物药业公司一定会叫"飞扬药业"，以此缅怀二位在天之灵。

如今，飞扬药业成立已有二十多年，黄二哥信守了自己的诺言，他生产的系列动物药不仅在为中国的动物们悬壶济世，还走向了世界，使得全世界的家畜有了短暂而健康的一生。

他办公室的书架上有两块镀金骨头，每年清明与九月他都会为其上香祈福。有人说那里面包裹小飞与小扬留在世间最后的遗骸，也是一座留在黄二哥心中伟大的丰碑。

电神王和平

王和平五岁那年的盛夏跟随父亲去堰塘电鱼，如同所有这个年龄的小孩一样，对于奔跑、对于自然、对于长辈的劳作都充满着好奇与激情。父亲穿着雨靴，背着货车电瓶，一手拿漏网一手持电棍，在小王和平的眼中这个造型只有天外来客才可能驾驭，而这个生他的男人显然毫不逊色。老王将准备好的饲料撒了一大片水域，开始沿岸电鱼。小王和平听见吱吱的电流的微响，他清楚地看见了美丽的电极呈现的淡白色光影，像极了雷雨天划过长空的闪电。

他对电极的着迷程度远远胜过了那些纷纷翻着白肚浮沉水面的鱼虾，于是悄悄走进了堰塘，希望能近距离观察这种奇异的现象。父亲专注地打捞着，对于突然出现在电棍前的王和平他瞠目结舌，儿子饶有兴致地把玩着双手之间出现的幽兰光电，一脸童真烂漫与他身边挣扎的鱼虾形成了极强的反差。老王愣了数秒才反应过来，他摔开电棍，跳进水里一把抓住儿子，只感浑身一麻，就一头栽进了水里，所幸被路过的生产队丁队长救起逃过一劫。

而从此后，王和平拥有了对电的操控能力，这在当年农村电力资源极度匮乏的情况下给他家带来了不少便利，一旦停电，老王就会将一个嵌有两只 30W 灯泡的钢压发戴在小王和平的头上，用于一家人的生活照明。如果你看见当年的小王和平，你应该会以为那是遂宁版的天线宝宝。当然，王和平静态下肉身的本身是不能发电的，可以通过运动来转换电能，但能量极其有限。主要的充电方式是交流电与雷电。

起初，部分村里人把小王和平当成异类，认为这个白白胖胖的小男孩有一天会变成金光圣母，在一个月黑风高之夜，身着纁衣朱裳白裤，双手运光，给全村招来灭顶之灾。还好丁队长高小文化，每月都会去镇上学习中央精神，明白朗朗乾坤太平盛世哪来什么生灵涂炭。而且在人教版的课本的教化下，小王和平肯定会成为一个对社会有用的人，从而制止住了那些企图去县里联名要求驱逐老王一家的村民的愚昧行径。

王和平的蓄电功能随着年龄的长大逐渐强大起来，到了初中，他饱和状态的蓄电功能达到 10 万 AH。在当时已经是村支书的老丁激励之下，每年农忙季节的电荒期，少年王和平就会爬上村口的干式变压器上，双手握住电缆，将电力送往全村。由于没有大功率交流电能供其储蓄电力，王和平就会在那些雷电交加的时刻，双手握住一根钢筋，爬上村中最高的一面山坡，傲立在风雨中，嘴里哼唱着："我们的祖国是花园，花园的花朵真鲜艳，火红的阳光照耀着我们，我们的脸上都笑开颜，哇哈哈呀哇哈哈，我们的脸上都笑开颜。"

那刻，钢筋就是王和平的长矛，他就是那个屠龙的少年，为了全村人明年的收成，为了共同的家园，他需要去浴血蓄电。而这首欢快的歌，就是对他凯旋的颂吟。

王和平初中毕业那年，中国改革开放迎来了第十个年头。随着遂宁的城市发展建设，他们村土地被列入征用范围。在公社的院子里支书老丁宣布了这则喜讯，告诉全村村民，以后大家都是城里人了。听完后，农民少年王和平默默地留下了一行泪水，他知道，从此后，他再也不是那个能够为了家园屠龙的少年了，再也没有一群人翘首以盼他去捕捉雷电了，他不能再爬上变压器去触摸电缆了，因为爬上去就会被公安机关或者明康医院带走。

他将别无选择地前往眼前这座庞大而陌生的钢筋水泥丛中生存，从一个万人敬仰的英雄，变成一个一无是处的凡人。

王和平辍学了，他仿佛对世间一切都失去了兴趣。搬入安置房不久就害了一场怪病，浑身无力，食欲不振，气紧胸闷，访遍遂宁大小医院都查不出病因，后来被书记老丁知道了，他拖着一个沉甸甸的行李箱到医院来看王和平，坐定后老丁没有废话，打开行李箱掏出一个卡车电瓶，用电夹夹住了少年王和平的左右食指，旁人都以为北京来的专家为病人安装了心电图监视仪，电流源源注入他的体内，在和谐友好的气氛中，老丁告诉少年王和平，人类之所以能够成为今天的形态，就是在应付各种变迁中演化而成的。一切不能适应环境的物种都会被残酷淘汰。为什么恐龙会灭绝？为什么尼安德特人会消失？为什么现在世界上每天会有 75 个物种成为过去，皆因于此。你觉得你失去了原有的家，原来是什么家？遂宁这地最早肯定是海洋，是鱼的家，后来成为陆地，是动物的家，夏商时蜀族才慢慢发展，直到春秋战国时才有了蜀国，你所谓的家相比之下是何其的浩渺？我们何不放下过去，去建设新的家。

听了老丁一席开解，王和平如久旱逢云霓瞌睡遇枕头，顷刻扫除了数日阴霾，怪病不治而愈。在老丁的介绍下，王和平到了一处建筑工地打工，投身于新家园建设的伟大事业之中。

两年的时间，他搬过水泥、和过沙、搭过钢架、支过模、关过盒子、砌过砖，当然，最后他选择了电工。因为当他看见那一圈圈红、蓝的线圈时，整个内心都宁静下来。这座陌生的城市里，电成了他唯一的依靠，熟悉电流进入身体时的亲切感，就像父亲有力的臂弯与母亲慈祥的目光，王和平找到了一种家的律动。

九十年代中期，装修行业崛起，王和平由建筑转而进军家装市场，从单纯的电工，逐渐蜕变成一个德（职业道德）智（专业知识）体（打卡工地）美（审美认知）劳（班组协调）全面发展的项目经理，他人生目标就是去帮助更多的人营造心中的家园。对于电的超能力使用王和平基本只用于日常生活，他一天接打两百个电话，手机电量随时都能保持满格。当然偶尔在路上遇见打不了火的司机他也会伸出援手。

目前王和平在嘉禾西路开设了"家宜佳门窗世界"，主营断桥门窗、套装门与防盗门。他说，他一定要做斗城门窗的业界楷模，把最高性价比的产品呈现给那些正在筑垒家的人们。他还说，家最直观的表现无非是一间房子，而一间房子除了墙与盖无非就是门与窗，什么才是真正的家？无非是，心归处即吾家。

幻肢琴仙周青青

但凡奇人降世，坊间总会流传一些非自然现象，周青青也不例外。相传她母亲在临近分娩时到灵泉寺烧香祈福。在观音殿，她把一张一百的钞票塞进功德箱，值守的僧人敲响了一声清亮的铜磬。余音绕梁，惊飞了林间一群山鸟，她抬起头，一束来历不明的光束照在十八点六米高的千手观音像上，满室金光流淌，而那些手似乎都在隐约的律动。这成了母亲唯一能解释女儿青青幻肢异能的由来。

周青青从小体弱多病，这可能与她慵懒散淡的个性有关，因为这种与生俱来的个性使她对于母体安逸舒适无比留念，迟迟不愿出生。大家知道，预产期延迟子宫的营养供给就会衰竭，过了十几天，周青青万般无奈才呱呱坠地。后来有专家推断，正是因为延产，造成了周青青的右侧顶叶临近角会出现受损，使得她出现了幻肢，也叫体象障碍，但周青青将这种原本只属于对身体各部位的存在以及空间和相互关系的认知发生的障碍，变成了真实存在的幻肢。也就是说，在周青青的意念促使下，她可以支配多只想象出来的手。

起初，她对于这种异能还无法自由控制，比如，玩耍时幻肢会全无征兆地攻击那些对她构成威胁的小朋友；习字拼音绘画时会出现幻肢自行完成；进入小卖店幻肢会拿起潜意识喜欢的食物喂进她嘴里……这些都严重影响了她的日常生活。

　　周青青最终学会掌握控制幻肢源于小学五年级那次花绳事件。当年全市小学女生风靡挑花绳的游戏，高升街小学唐雪梅在无数次角逐中脱颖而出，她纤巧的十指宛如无骨的精灵，在红绳交错中翩翩起舞，好像世间没有她绕不出来的花，也没有她解不开的结。胸怀天下的唐雪梅不屑于做一个区区校霸，她立志成为遂宁花绳皇后。于是她先后血洗了实验一小二小三小，肃清了顺南街小学与红专二小，最后来到了周青青就读的盐市街小学，在盐市街小学操场南面的双杠架下，挑战了当时盐市花绳三朵金花，小娟、小丽、小红。

　　那个残阳如血的黄昏，整个盐市街小学女生们都沉浸在巨大的悲伤之中，泪水使得校园发生了一场小规模内涝。唐雪梅踏过少女们的泪水骄傲地走出校门，她当之无愧地成为遂宁花绳皇后。原本从不参与挑花绳的周青青目睹了这悲戚的一幕，家国情怀在她身体里激荡汇聚，她知道自己必须出手了。周青青在学校外的藕片摊前截住了唐雪梅，她说："同学，我是盐市街小学周青青。我们比一比。"唐雪梅自然没把眼前这个瘦小的女孩放在眼里，她将手中花绳递向周青青轻蔑地说："你来？"周青青接过花绳淡淡一笑说："好呀。"

　　只见花绳在周青青千万根指尖穿梭中骤然化为一团红气，外围还升腾起幽蓝的光晕映亮了她苍白的脸。那根本不是传统意义上的挑花绳，周青青手中的花绳也不再是花绳，而是伽马射线，在炫酷的欢腾中形成了宇宙的黑洞，周青青完全无法控制幻肢下黑洞的裂变，四周的物体开始摇晃颤抖着被吸收过来，眼看一场宇宙浩劫即将发生，就在这时，一曲悠扬的口琴声响起，周青青听出是电影《桥》的主题曲，那活泼欢快的乐曲化解了她心中的悲戚，沸腾的情绪渐渐安静下来，幻肢的躁动被有效地控制下来。她摊开手，让那个半透明的物质飘向了天际。

在这千钧一发吹响口琴的人是刚好途经这里的遂宁川剧团老丁。老丁六十年代留学苏联，他的手风琴老师格里戈里耶维奇·马儿科夫就是一个拥有幻肢异能的人，并作为狙击手参加过二战，相传他身背十只莫辛纳甘步枪，一个人与两个德国加强连对抗，两天一夜，干掉了三百二十四名敌军。他之所以能有效控制这些幻肢就是因为乐器的力量。因为乐曲虽然千变万化，始终逃不出一系列对于有声、无声具有时间性的组织，以及含有不同音阶的节奏、旋律及和声。所以乐理的规范隐含着对于幻肢的掌控。在老丁解密之下，周青青终于释怀了。那天天际最后一抹残阳撒在一老一少的身上，和谐而温情。为多年后周青青来到遂宁川剧团埋下伏笔。

花绳事件后来轰动全国，很多专家认为，等有一天周青青出生社会，无论干什么都将是劳动模范。据保守评估，成年后的周青青八小时能组装电视七百台，冰箱五百台，手工织毛衣六百件，装球鞋一千二百双……当年无数企业都给周青青伸出橄榄枝，希望有朝一日能够到其公司工作，不仅工作效率惊艳，还对产品品牌影响力有不可估量的提升。周青青一一回绝，她觉得自己十二岁的年龄不应该被某一种职业所桎梏，人生海海，她要寻找自己想要的生活。而她的生活肯定会与音乐有关。

也就是从那天之后，周青青开始接触各种乐器，吹奏的、拉弦的、拨弦的、打击的，键盘的，这些乐器不仅使她对于幻肢的驾驭炉火纯青，还通过在音乐的世界自由翱翔精神上得到巨大的满足，吃得香睡得好。更重要的，演奏乐器对于体力的训练强壮了她的体魄，她能够一口气吹三小时唢呐或者萨克斯，可以打五小时架子鼓或者开心大鼓。

大学毕业后，周青青在老丁的邀请下考入了遂宁川剧团。主要从事二胡的演奏。众所周知，二胡这种乐器在文学、美术、影视等领域的语境都挺悲凉，这点从一代大家阿炳唯一存世的那种良民证的照片上看可窥一斑，而《倾城之恋》贯穿的二胡意象亦是充满着人世间的无奈与伤痛，包括蒋兆和先生的《流民图》里也有拉二胡卖唱的苦难父女像。但作为新时代的文艺工作者，周青青将二胡拉出了科学的社会主义核心价值观，她在一片咿咿呀呀中享受着二胡带给自己的精神愉悦，与此同时，她不难感受到川剧的没落，在老兴街 80 号陈旧的剧场里，每场演出时台下出现的那几个零零星星的耄耋老人，迟暮黄昏的感觉与二胡起伏的音韵完美融合，而谢幕后稀稀拉拉的掌声中唯一能安慰周青青的可能只是弦与弓摩擦后松香留下的淡淡余香。

当然，所有乐器中，周青青挚爱古筝。从先秦到今日两千多年，古筝见证了整个中华的兴衰荣辱，它用五音幻化的万千旋律，讲述着关于这个民族的故事。周青青相信，那 21 根弦其实代表的是 21 克灵魂，每一个人就是一曲独特的乐谱，在岁月中以自己的方式弹奏，好或坏，善或恶，美或丑，直到曲终人散。十年前，周青青成立了一间琴馆，她喜欢身着红色罗裳，与一群有着共同情趣的琴友，撩起水袖，露出小截莲藕般的手，弹奏那些她们笃定的关于幸福与快乐的音符。

爱的代价

　　庞洪波的第一场爱情是以一个记过处分来画上句号的，这在当年的小学校是比较罕见的处理方式，而那篇一千字的检讨，对于六年级的小朋友来说无疑是脑力与体力的双重灾难。

　　这场始于初秋终于隆冬的爱情，使庞洪波觉得那年特别阴冷，记忆中校园的几排法国梧桐枯萎的叶片始终在阴霾的天空中飞舞，像洒向苍天的纸钱，祭奠自己逝去的初恋。

　　但他的好朋友张平与夏勇的观点截然不同，他们坚称这根本算不上一场爱情，因为从各方面分析，这段感情还没开始就已经结束，就像你下单接了一千手什么股票，还没成交，票就歇菜了，没有交易记录，你根本就算不上拥有过这只股票。

　　八十年代中叶的小学生对于恋爱的理解是相当有限的，鲜有影视作品可供模仿，文学作品亦是极度匮乏，基本都是通过大一点的学长口口相传，剩下便是自发的臆断与猜测，完全基于物种繁衍的天性，苯巴胺刺激大脑产生了对异性的欲望与追求。

　　庞红波应该属于后者。

起初，庞洪波并不知道自己喜欢上了同桌孟慧。从五年级开始他们便是同桌。庞洪波用一把铅笔刀，在原本满目疮痍的实木桌面中央的位置刻了一条三八线。

刻三八线是当年一个历史悠久的传统，基本每张桌子上都有这么一条象征着秩序与正义的线，那是动物领域所属权在文明社会的又一表现形式。庞洪波用尺子仔细丈量后，说原来那根线是一个历史性的谬误，按平均法演算出来，他的桌面窄了一点五厘米，必须纠正转来。于是，往孟慧方向重新制作了一根刻痕，还用水彩笔填充成了大红色。

"三八线"是男女同桌的分水岭，如果没有，就代表你是娘娘腔，你在你原有圈子便会失去公信力，你极有可能被无情地驱逐，没人同你逃学、打弹珠、拍烟盒、吹纸人……让你的童年在寂寞中慢慢迎来灭亡，成为无间的幽魂。

孟慧冷眼看着庞洪波的一举一动，像一个老沉的教皇，对于这种狂吠的异教徒，她只是轻轻地对他说："庞洪波，你的数学课堂练习题什么时候交？全班就只有你了。"

庞洪波悲愤地咬着牙，狠狠说："马上，马上。别超过来了，被打不负责哟。"

事情最初发生在六年级第一学期的那个九月的开学典礼上。学校要求同学们自带小凳子在操场上接受训导，观瞻优秀学生领奖状讲心得。庞洪波忘记带了，或许故意忘记的，不带凳子有时候是作为一个调皮捣蛋学生的标签，就像古惑仔需要一条青龙来证明自己是黑社会一样。

但是，那天班主任何姐有点抽风，大会前，她到教室宣布说如果今天没带凳子家庭作业交三份。庞洪波心里有些怂了，他很后悔自己一时意气用事，酿成大祸。而就在这时，三八线另一端的孟慧说："把我的凳子拿去吧，一会我要去当小主持，不用凳子。"说着，用脚把桌子下的小木凳踢到了庞洪波脚下，就自行走了，自始至终没有瞅他一眼。

庞红波有点愣，喃喃说："哪个稀罕你的凳子。"然后就拿着凳子集合去了。他觉得自己有点像出卖了组织的蒲志高，后来他安慰自己，杨子荣为了捣毁匪窝，不是也吃了坐山雕的肉喝了他的酒吗？这是策略，比起三遍的家庭作业，庞洪波愿意当一回不吃眼前亏的好汉。

那个九月的下午风和日丽，庞洪波坐在他的宿敌孟慧的小木凳上，感觉木凳上的炽热，但与火丁疮无关，他看着自己同桌的女生在大讲台上用流利的普通话主持活动，她胸前的红领巾与讲台前的五星红旗一同迎风飘扬，是他见过最美的画卷。

从这天起，庞洪波发现自己对孟慧的关注度明显加强了。每次走进教室，第一眼就是看孟慧在没有；课间操不自觉地搜寻孟慧所站的位置；甚至开始期待他们一起值日，打扫教室清洁时会自觉地打来一盆水先将地浇湿再扫；最恐怖的，他还故意将做好的作业迟迟不交，等着孟慧严肃地对自己说："庞洪波同学，交作业。"然后胸有成竹地将作业本往桌上一扔说："早完成了。"

庞洪波很排斥自己的感觉，不知道发生了什么。直到有一天，孟慧不注意将胳膊肘侵占了三八线，庞洪波竟然体会到一种幸福，因为，他觉得自己总算是给予了孟慧一点回报。当孟慧发现自己违背了国际法，收回倒肘的时候庞洪波说："没事，超就超了呗，我还坐了你凳子。"

这刻开始，庞洪波知道，自己可能喜欢上孟慧了。

作为八十年代小学爱情，确实需要勇气来面对的。它不仅在一个班级、年级乃至学校都是爆炸性的，不亚于现在一线明星出轨八卦。无论哪个时代，八卦都能给无聊的精神生活带来欢乐。特别是处在改革开放最初的几年，社会巨大的变革多少都会波及少年儿童的辨识与认知，大家议论着这种情感时，态度必然带一种新奇与揶揄，其实，内心在想自己应该什么时候也来一场风花雪月的初恋。

"妈的，我可能喜欢上我们班上一个女生了。"一个周末的下午，庞洪波在纺织厂外的台球室把这个压在心中已久的事告诉了张平与夏勇。

"曹小丽？……陈香？……那肯定是小张燕（同班同名一般用大小来区分）……哎哟，该不会是段丽君吧？……哎呀，到底是谁？"两个难兄难弟争先恐后地猜了一堆，再也没有了耐心。

"孟慧。"庞洪波说出这个名字后如释重负，他用巧克擦着打毛的枪头说："我应该是有点喜欢孟慧。"

张平与夏勇睁大眼睛，他们仅有的辨识无法理解这么复杂的情感变异，就像一群北京周口店原住民无法理解唯物主义。

孟慧成绩优异，据说已经被遂中特招，而庞洪波虽然搭上九年制义务教育的春风，但他目前的成绩要想进遂中只能祷告邂逅马丁叔叔（当年火爆的一部美国连续剧《火星叔叔马丁》）。孟慧德智体美劳全面发展，上台不是主持就是领奖，掌管升旗多年，祖国花朵、社会主义接班人就是歌颂她这种少先队员的。而庞洪波的出现似乎只是为了印证一样米养百样人，他上台不是朗读检讨就是作为反面教材受训，不是他老汉经常从全国各地带回的特产滋养着何姐，早就亡命天涯。最后，也是最关键的，孟慧住在市委大院，而庞洪波却是纺织厂子弟，虽然他爹很会找钱，但是当年的贫富差距没有现在明显，这种阶层断裂，不是金钱可以修复的。

"你娃癫都癫了。"这是张平与夏勇当时得出的最后结论。但是，他们还是祝福了庞洪波，希望他完成生命中的第一次脱单。当然，他们更有兴趣的是什么时候什么方式向孟慧表白。

"我打听了，过段时间就是她生日，我打算送个什么礼物时再给她说。"庞洪波脸上泛起一袭红潮，他说："今年她十二岁，你们说买什么好呢？"

张平与夏勇七嘴八舌的建议着，从请吃学校外推车上的凉拌藕片片，到一版《射雕英雄传》的不干胶，到发箍、书包、日记本……但都没能达到庞洪波内心的期许，他最后表示时间还早，慢慢想呗。

不久后的一个清晨，一场意外的奇遇，形成了那份特殊的礼物。

庞洪波清楚地记得，那天早上的霜雾使得整个世界陷入一片迷茫，气温异常寒冷，鼻口喷出的气瞬间消散，他沿着纺织厂后门小河沟去上学。

小河沟是当年纺织厂的一道景别。从渠河引流下来的一支人工小溪贯穿了全部宿舍，整个两千多人的厂得到滋养，大人可以用它清洗床单罩子一类的大型物件，小孩则在这里嬉戏玩耍，泡澡、水战，漂流纸船。完全是老少皆宜，天堂一般存在。

小河沟有一段紧邻一排单身宿舍，那栋灰白色建筑上长满青藤，一个一个小木窗户安静而规矩。里面差不多住的都是一帮小年轻，录音机放着："成、成、成吉思汗，有多少美丽的少女啊都想嫁给他呀，哦，哈哈哈……"或者一把吉他弹着和弦配合着声嘶力竭的嘶吼："我曾经问过不休，你何时跟我走，可你却总是笑我一无所有。"当然，更多的是打牌的吵闹与喝酒的猜拳声。那里是自由的象征，不羁的所在。庞洪波当年写《我的理想》时，很想说自己的终极目标就是得到一间这里的房子，在里面想干吗就干吗，但是他最后还是无耻地说自己想当一名科学家，造艘飞船去火星。

扯远了，话说这天清晨，庞洪波突然尿急，见四下无人，他越过小河沟，穿过一段夹竹桃的绿化带，来到单身宿舍的墙边。冬日的寒流使得他有些瑟瑟发抖，在奔腾的那瞬，他昂头吐出一口长气，就在这时，他看见树枝上挂着一个奶白色的东西，似乎冻僵了。他腾出一只手，捻起一瞧，原来是一个长条形的气球，气球里装了一些类似米汤一样的东西，流了他一手，他想，这个曾经的主人应该也是一个小淘气。

庞洪波兴奋地撒完尿，这时他又在不远的枯草上看见了另一个，他蹲在小河沟将这两个意外之财做了认真的清理。然后往里吹气，庞洪波强大的肺活量很快吹出了两个直径 30 厘米的球，以他的经验，至少能吹出 50 厘米大小，唯一的遗憾，气球的顶上有一个圆头，气怎么也灌不进去，庞洪波觉得应该是没有掌握到诀窍。

就在这时，庞洪波一阵狂喜，因为他突然想起上学期春游时孟慧买了一只气球，被自己用树枝戳爆了，虽然早已受到应有的惩罚，但他记得那是孟慧哭得最厉害的一次。而上苍让自己在此时得到这两个明显大于普通气球的气球，完全是神的暗示，他需要用它们来弥补自己犯下的卑鄙的罪行。

接着一段时间里，庞洪波都在早晨趁四下无人潜入这片神秘藏宝地，分别收集到了十几个相同的气球，他经验丰富后，再也没有一次被流出的米汤弄脏双手。

庞洪波找到一只纸盒子，将洗得纤尘不染的白色气球装了进去，一共十二个，每一个代表一岁，寓意深远煽情。对于这个杰作，庞洪波好几晚没有睡好，他想着孟慧拿到礼物后会不会亲吻一下自己的脸颊……

终于迎来了孟慧的生日。

那个周六的中午很是阴霾（当年周末是放一天半，周六上午正常上学），庞洪波心猿意马上完最后一节课，但是他始终鼓不起勇气将礼物递给孟慧，下课铃尖利地响起，同学们像听到防空警报一般四散奔逃。

庞洪波在张平与夏勇的掩护之下尾随着孟慧来到停车棚，看着孟慧打开车锁将推车走出来，在车棚门口庞洪波叫住了孟慧，他快步走了上去说："这周是你生日，我送你的礼物。"

孟慧一脸惶惑，她已经能感受到这一举动暗藏的潜在含义，其实孟慧早就从姐姐的床垫下偷看了《海鸥飞处彩云飞》与《心有千千结》，她说："庞洪波，你是什么意思？"

"没什么意思，"庞洪波有点窘，就算大会上朗读悔过书也没这么窘，他说，"就是一个礼物，你收下吧。"

"不要。"孟慧甩了一下头，那个马尾拂过一股沁人心脾的芳香，她助推了两步22圈的小金狮，跨了上去。

庞洪波侧身看着即将离去的孟慧的背影，知道张平夏勇就在不远处观察自己，他又尴尬又索寞，但清楚地知道，此生第一次示爱绝不能半途而废。就像自己小时放爆竹被炸，导致多年都不敢玩火炮。心理一旦形成恐惧，会形成无法磨灭的阴影与伤痛。

他鼓起勇气，追到车前方，将礼物扔进了自行车前筐里，转身边跑边说："是气球，算我赔你去年的气球吧。"

事后流传着两个版本，第一个是孟慧压根就没打开礼盒，当机立断将证物送到了班主任何姐办公室，何姐第二天家访了庞洪波。第二个版本是孟慧收下了礼物，但回家被父母发现，父母将证物移交何姐，何姐第二天家访了庞洪波。

庞洪波希望是后者，至少有那么一瞬孟慧明白了自己的心意。他被全校匿名通报算是校方对于一个貌似失足儿童的恩泽与悲悯。整个过程中都没提到所谓的气球，那张并不露骨的纸条是罪恶的铁证——"孟慧：生日快乐！希望你喜欢。"

其实很长一段时间，庞洪波都没有明白自己费尽心机一语双关的纸条怎么就罪大恶极？这完全可以看成一份纯真的友谊保存在快乐的童年记忆之中，怎么就这么对自己上纲上线了？

后来渐渐明白了那些"气球"的真实身份，他能够想象，无论何姐还是孟慧父母乍然看见时的惊恐与惶惑、震惊与昏厥，他们肯定有那么几秒哑然失语，脑海中可能涌现了无数帧劲爆的画面，在他们的教育体系与思维中，立下了一个全新的命题。

六年级第二学期，孟慧转到了邻班，再也没有同庞洪波说过一句话，而庞洪波幼小的心灵也在强烈的罪恶感中完成了自我救赎。他只是偶尔远远地与孟慧一个对视，便彼此逃开了。

多年后，庞洪波回想这次失败的爱情，总能闻到一股橡胶的味道，每一次他撕开一个杜蕾斯，就会想起这段早恋，只是想不起孟慧的样子了。

斗 爷

1

前两年我出版《斗城面神》后在一家咖啡厅二楼的包间找到斗爷，我说弟娃给你送本书过来，请哥哥钧鉴。斗爷说好，兄弟不错还能出书，其他没啥能帮你，我就买你两百本书送人吧。我连声道谢又佯装坦然，内心一阵欢喜，觉得果然是四川好人，个人购买力超过团体。我说："哥哥，要不给你打个九折吧！"斗爷说多少钱还打折，码字苦逼，尊重原创。我眼眶有些湿润，想站起来鞠躬九十度又顾忌文化人的清高。我说要不给你开张发票？他说私人赞助，开哪门子发票，目的就是鼓励你写作，你应该写，多写写遂宁的坊间名人，比如闵山、比如丁曦、比如曹阳、比如……我赶紧抢答到比如哥哥您。斗爷说对头，我们都是这座城市的参与者见证者开创者与建设者，记录下这些人的故事也就是这座城市的故事。我说要得要得，争取两年后能出新集子。斗爷一边用微信操作转账支付功能，一边对我说弟娃你好好搞创作，正道，哥哥支持你，作品要有政治站位，要传播正能量。斗爷洪亮的声音在一声细小的收款提示音的衬托下宛如黄钟大吕，我心潮澎湃地点击了微信上那象征着财富的长方形橘红色色块，目睹零钱数字一番滚动，我说哥哥放心，觉悟肯定是有的，未来的日子一定好好创作，不出去喝野酒不出去打野牌，一门心思扑在写作上，早日再次结集成册。斗爷用他照合照的笑容看着我点头表示欣慰，我惊奇地发现，这种笑容原来如此可爱。

如今卖书的钱早已羽化升天，好在都是为中国 GDP 增长作出了贡献。我每天除了讨生活，酒照喝牌照打，只是偶尔在午夜梦回想起那天对斗爷的承诺，总是心里一紧，如鲠在喉、如芒在背、如坐针毡。

前些日子我去表哥家蹭饭，开席之前的空档我到他书房游荡，在书柜一隅瞅见了那本泛黄的《梦的释义》，时光风驰电掣流转到三十多年前的某个午后，我差不多刚上初中，在外公老宅表哥卧室的床头我第一次看见这本书——辽宁人民出版社出版，封面上半部分是黑色，有个看着挺有风范的西方大爷头像，下半部分是橙黄色，书名从左向右斜上排列，大概是封面设计者对于"梦"的一种理解。我只知道中国有《周公解梦》，不知道还有个外国老头也解梦。我问表哥这个叫弗洛伊德的大爷是不是算命的，敢来呛咱老祖宗的行？表哥说，兄弟没文化不能乱开黄腔，这本书是讲心理学的，是有史以来第一次以科学的方法来分析研究"梦"的著作，告诉世人人性的真正主宰其实是潜意识。我说能不能展开来讲讲，表哥说兄弟，书就在你面前，你能不能自己看。我白了他一眼翻开书，扉页上赫然出现了一行钢笔字——"蒋勋、斗城、87.10.9"。我问表哥蒋勋是谁，表哥说，我以前初中同学，你应该见过。我想了想说，哦，是不是个子不高，壮壮实实，戴副眼镜，嗓门挺大的那哥子。表哥说对，就他。

也就是说，我是通过一个签名，将一个人的肉身串联起来，从而对其有了认知与记忆。当再次凝视这个购书签名，我仿佛看见1987年的斗爷正襟危坐于桌前，歪着头一笔一画地写下的这几个钢笔字。字迹算不得漂亮，但却严肃工整，我甚至能感受到那个万物复苏的时代车轮滚滚前行，上面拖拽着这个十七岁的少年看到了时下特有的五光十色与光怪陆离，少年斗爷也许混沌迷茫也许踌躇满志，世界的规律或人性的秘密激发着他的好奇心，他摩拳擦掌跃跃欲试，他应该意识到某些文字能够帮助他勘透世事，从而找到自己渴望寻求的人生奥义。那刻他的内心一定充满着虔诚与敬畏，他肯定无法意识到多年后，他会随着这座川中小城市的崛起而崛起，从一个籍籍无名的愣头青，成为今天的斗爷。

在很多人眼中的斗爷，五短身材，膀大腰圆，一双小眼在一副无框眼镜后闪烁精明之光，一头板寸彰显着他的干练与桀骜，说话语速极快且声浪达标四缸，能够在任何喧嚣的场合中体现出极高的辨识度，从而控制局面划出中心。以本人目测，他是遂宁唯一一个不是婚庆主持习惯穿三件套西装的男人，整洁、敦实、霸气侧漏。

以我的认知，在遂宁这座拥有三百多万人口幅员五千多平方公里的城市，斗爷作为一个商界精英或统战对象应该是曝光率较高者之一。这位脚踩五彩祥云，头顶无数光环的大 BOSS 好像每天都在出席各类活动，从人大、政协到统战、工商；从各大行业协会到各类慈善公益；昨天在广场上摸水晶球剪彩，今天又在棚户区慰问五保户；上午在豪华会议厅与商界大佬亲切交流，下午就在泥泞的田间为遂宁乡村振兴代言……他习惯 C 位出镜，面露和蔼微笑，右手比画出大拇指，身体微微前倾，这个制式点赞手势照片高频流转于斗城的朋友圈或者公众号，使人感受到社会祥和与岁月静好。

我们知道，这个世界上能混成"爷"字辈的人都有过人之处，在某些领域绝对出类拔萃。没有人能一夜之间得此殊荣。毕竟这不是自我标榜便能办到的，需要得到社会圈层的综合认证。斗爷明显具备了达成这个状态的三大特质，首先他热心社会公众事业，什么商业行业协会，什么志愿者协会，什么公益组织，只要得他认可，但凡活动需要他的参与，斗爷都会义不容辞地为其站台助威。因为大家不仅需要斗爷的祝福还需要他的流量。（所以坊间有诗云：流量即正义，斗爷即流量。）其次，也是核心，斗爷靠白手起家，到今天仅他一家物业公司与一家保安公司员工就有两千多名。也就是说，他每月发放的工资都是大几百万，环视遂宁民营企业人员规模这一项也应该名列前茅。一个在商业上获得巨大成功的男人，而且不是玩的一夜暴富的行业，他的思维思路、综合能力必然可圈可点，孔子他老人家不是也说过无友不如己者吗？最后，也是最无可奈何的，斗爷还有"仗义疏财"的天赋与爱好。初一十五逢年过节你能从多个渠道看见他如打了鸡血般到处送米送油送红包，但凡组织号召的集体捐赠他都是首当其冲，起到良好的标兵模范带头作用。

正如前面我说，这样一个被江湖称为"爷"的男人不可能是一夜之间炼成的，每一个人现在的模样都与他读过的书，干过的事，晒过的每一缕阳光，淋过的每场雨，内心燃烧过的每份激情与每寸暗黑中的坚守都息息相关。其实，时至今日，在我熟知的那些关于斗爷成长的历程里充满着励志与草根逆袭的爽文情节，你能从那些故事的轨迹里看着斗爷从一场漫天的雾霾慢慢走来，从小时到成年，缓缓蜕变着模样，最后站在你面前，笑着看着你，翘起他粗壮的右手大拇指，给你比个赞。

这将是一个长镜头。

而我，作为一个严肃的文学爱好者兼影视文化爱好者，一定努力做好给出这个长镜头的人。

2

1970 年冬月的一天，适年三十七岁的金马乡乡长蒋开文同志站在乡卫生院外，这是他第五次在产房外等待家庭的新生命降临，作为一个经验老到的父亲，那感觉熟悉中又夹杂着陌生。关于孩子的性别，蒋乡长并无苛刻，因为前面的两子两女，已经满足了一个男人对于家庭成员构成的一切美好幻想。只要健康，便是幸福。蒋乡长知道，这应该是自己的收官之作，他可能遥望湛蓝色的天际，点起了一支平嘴春城，尼古丁混杂在田野山林自然的气息游走于身体的器官与血液之中，他想起自己十五岁参军牵马，十八岁入党，二十岁当选乡长迄今，他能够感受到这个在阵痛中缓慢复苏的大国隐含的力量。这种力量带动着自己一路向前，远离了饥饿与寒冷，拥有了坚不可摧的信仰，他惊叹人生原来可以如此完满惬意，他知道赐予自己这一切美好的就是中国共产党，这份丰功伟绩他铭记在心。当得知妻子顺利产诞下一名男婴后蒋乡长想到一个字——"勋"。这是他对党的颂吟，也是他对儿子厚望。于是，金马乡乡长老蒋在出生证上郑重地填上了两个汉字"蒋勋"。

斗爷就这样来到这个世界。奇怪的是，他对于自己八岁之前的记忆变得模糊不清，大概金马乡的旖旎风光与纵横阡陌构成了遂宁版桃花源，人与自然的和谐共处使他物我两忘。我认为，幼年斗爷虽然生在新中国，长在红旗下，但由于没有幼儿园这样的机构传习教诲，导致他终日纵情山水，宛如一个忠实的黄老学说践行者，在无忧无虑中自然的生长，以至于那些记忆被渐渐遗忘。

斗爷对于童年的记忆始于 1978 年。这年金马乡乡长蒋开文同志荣升东禅镇区公所副区长，带领一家人完成了从农业生产到非农业生产的质的飞跃。"农转非"这个政策概念第一次植入了儿童斗爷的心里。用斗爷的话来讲就是他从乡下来到了城里。在区公所的院子里，他环视那个红砖白墙的建筑物，第一次感受到一种言语不清的荣耀，我猜测在金马乡八年的岁月里，他虽然是乡长家五公子，但多半也逃脱不了拾柴火打猪草，扯井水或者推磨盘的农村孩子应尽的本分，这个神奇的地方让他觉得生活原来是这样的惬意与愉悦，所以时隔多年斗爷吟诵"打钟吃饭，盖章拿钱"的八字箴言时依旧充满着甜美与傲娇，幼小的他大概认定这就是社会主义该有的样子。

区公所大院由东禅寺改建，院里包含了当时建制的所谓"八大员"——国土员、农技员、广播员、公安员等等，虽然作为当时东禅最高行政机构，一切的行政指令与事务都在这里输出，但整个场景在今天看来肯定是毫无庄严可言的，因为所有人员工作与生活都在此完成。在那个贯彻执行计划生育不久的年代，大部分家庭都是两个以上的小孩，我们不难想象这个曾经的佛门清净之地是何等的市井与喧嚣？那些残留在屋檐的祥兽以及几尊倒卧在院角的石刻佛像内心是何等的困惑？它们看见院子里那群男男女女老老少少多半认为在举办一场不打算结束的庙会，而那些不时飘荡在晾衣绳上的床单被褥，裤衩与胸罩又推翻了关于庙会的猜想。最不堪其扰的肯定是那群小孩，他们大呼小叫肆无忌惮的上蹿下跳使满院神佛无心念出半句经文。

街娃斗爷迎来了他人生的第一个重要阶段。可以想象，东禅那条应该不算宽敞的老街在他记忆中宛如耶路撒冷之路。清灰色的石板路无论被烈日照耀或者雨水冲刷，都透着一种和谐的光泽，逢三六九赶场时的人头攒动，各种交易在吆喝叫卖中进行，只要愿意，他就能去欣赏小摊上贩卖的五彩玻璃珠或者糖人担子上那一架子的飞禽走兽。兜里偶尔出现镍币归属不再是存钱罐狭小的缝隙，它可以置换成一个油果子或者一根熬糖棒。而与大千世界的联通也不再是父亲那个半旧的收音机，他记得第一次在东禅中学庞大的礼堂里观影《雷雨》的那个风雨交加的夜晚，电影里电闪雷鸣与现实世界惊人的重叠，他牵着二哥的手一路哭泣着奔逃回家，毫无心思去思考曹禺先生构架的纠葛与愤怒，只被这种神奇的科技所折服。当后来他气定神闲混迹于东禅戏院，面对《地道战》《狼牙山五壮士》《英雄儿女》《渡江侦察记》那些炫酷的场景时，内心不再有丝毫的畏惧，而是含着一根棒棒糖去感受故事本身所表达的情感。

在这里我们不得不提到两位牛人，他们的出现对于斗爷的成长影响深远。二人一文一武，双星合璧，开启了斗爷江湖之路，意义相当于江南七怪对于郭靖的存在。

八岁的斗爷从金马乡小学转学来到了东禅七大队小学，这个乍听很不上台面的小学有一个很厉害的校长老奉。老奉是全区为数不多的大学生，也是蒋开文同志的莫逆之交，拨乱反正后任职于此。作为校长兼班主任，据说他经常给斗爷讲一些好玩的故事，我估计里面应该有凿壁借光、囊萤映雪、悬梁刺股，也有彼得潘、小王子或者唐吉坷德，这些故事或多或少刺激着斗爷空白的大脑，这个世界原来如此有趣。渐渐的，斗爷在有了一定文字储备之后，开始对老奉家书柜里浩劫中艰难保存下来的诸如《施公案》《彭公案》《三侠五义》《水浒传》等课外书籍产生了浓厚兴趣。虽然斗爷不是那种"绿满窗前草不除"或者"红袖添香夜读书"的男孩，但那些身怀奇艺侠肝义胆的男人们深深吸引着他，骨子里很多东西被这些文字所唤醒，武侠精神在年少的斗爷体内流淌起来，他可能希望自己有一天黄天霸一样登上金銮殿接受皇帝封赏，也希望自己像王成一样对着美帝大喊"向我阵地开炮"，或者像展昭一样腰挎湛卢剑跟着包拯成为御前四品带刀护卫，又如高传宝一样用挖出的地道将山田小队长搞得屁滚尿流。

而一个人恰好满足了斗爷对于这些臆想中的英雄的线下落

地——这个人就是方公安。相传此人身材魁梧，膀大腰圆，力能扛鼎，目可环视。是全区唯一能够驾驭那身藏蓝色公安制服的人，虽然那身行头只有去县里开会或者领导前来视察时才会使用，但公安的特质似乎已经浸入骨髓。所以他就算穿一件有破洞的老汉衫依然象征着东禅的秩序与正义。斗爷清楚地记得一年夏天的中午，方公安一个人押解了八个犯罪嫌疑人回到区公所。虽然均未上械具，但他们眼神无不充满畏惧与悔恨，颤颤巍巍，诚惶诚恐。方公安走在一群人后面，白色的背心与撒开的白衬衣酷似张飞版残剑，他腰间那把盒子枪宛如大圣手中如意金箍棒，能扫世间一切魑魅魍魉。方公安责令一干人等面对一堵白墙思过，自己则靠在一颗榕树下从容地点起一支烟，那神情只有燕双鹰与雷子枫才可能拥有。烈日炙烤着大地，知了似乎都被这强大气场折服，不敢声张。酷热的空气中蒸腾着食堂饭菜的香味，方公安伸了个懒腰，对着不远处张望的斗爷说："我去吃饭，你来帮我看守下他们，谁乱动乱跑就叫我。"斗爷对于突如其来的殊荣没有任何犹豫，一个箭步上前，估计只恨没有一杆红缨枪。每次我想到这个场景就会想起小兵张嘎看守汉奸翻译的画面，他内心一定与嘎子有着相同的兴奋与骄傲，对于正义与邪恶，也有了第一次感受与理解，对于掌控与力量的向往也初次埋下了种子。

3

六年东禅岁月的林林总总无疑构成了斗爷世界观与人生观的雏形，一些与生俱来的性格特质也渐渐显露。

　　当时院里与斗爷适龄的男孩有七八个，他们长期纠集一起，把那个年龄男孩能干的事情都干了一个遍。他慢慢地感受到人类天性中存在的社会属性，这种群居协作性与过去形成了鲜明反差。他发现，一个人去河里网鱼虾，肯定无法超过两三个人同时进行的均值，一个人想去堵截一只过街老鼠的成功概率远远小于几个人堵截的成功概率。而斗爷的领导才能此时已经初现端倪，基本上，在大院这个小群体内，今天打弹弓还是去扳螃蟹或者打珠珠还是铲地咕牛（抽陀螺）都是斗爷说了算，并在各种游戏过程中充当裁判角色。他之所以能拥有这样的特权，我怀疑他经常偷着把家里的大白兔奶糖、冰糖红糖拿出去与小伙伴们分享，才拥有了这样的权利与荣耀。但后来一次听斗爷聊起他童年轶事时才发现自己的肤浅——那是一次偶发事件，斗爷与小伙伴在某个晴朗的周末来到跑马滩水库放飞自我，他们可能一路唱着让我们荡起双桨，小船儿推开波浪，到达水库后没能看见绿树红墙，却撞见了集体农场一片成熟的橙子林，那年的橙子似乎熟的很早很大，于是乎，一群人潜入农场，打算大快朵颐。大概是开吃之前没有祷告，据说刚扳下几个，护林员从天而降，大喝一声："小贼住嘴，集体的橙子，吃了拉肚子！"一群人顷刻作鸟兽散。斗爷向来爆发力超强，夺路狂奔，很快成功突围。惊魂方定，清点残兵，发现少了两个。幸存者面面相觑，就像1921年前的国人不知何去何从。这时斗爷在一块卵石上站起，拍了拍肥实的屁股往橙子林走去，他说："我去看看他们，要倒霉一起倒霉。"

　　不知道那天跑马滩上有没有肃杀的风能吹动斗爷的发梢与衣角？他孤独而单薄的背影是不是在湖水的倒映下显得伟岸而雄

壮？《梦驼铃》作为唯一的背景音乐会不会在天际想起？据说多年后，参与此次事件的小伙伴观看《拯救大兵瑞恩》时，流下了激动的泪水，他们一致认为从汤姆汉克斯身上看见了斗爷当年的影子。

当然，偷橙事件最后在一派欢乐的气氛中画上句号，护林员的愤懑被这个勇于折返的小孩消除大半，在得知是红一代老蒋的孩子时，这个淳朴的中年人将他们偷摘的橙子赠送给了他们，并希望他们能意识到偷盗可耻，引以为戒，下不为例。

如果上述事件佐证了斗爷的号召力与担当，那么另一件轶事便能体现出他对于无知事物的无畏与骨子里暗藏的冒险精神。

在这里先得讲讲斗爷的母亲向大姐。首先大家不要以为荣升为区长的蒋开文同志让这个七口之家从此过上了无忧无虑的幸福生活，因为他微薄的收入确实无力支撑起整个家庭庞大的运行开支，到区公所任职不久，区长夫人向大姐就去了东禅缝纫社打临工，主要工作是给服装锁扣眼定脚边，两年后，向大姐发现摆摊比缝纫社工作自由且收入更高，便开始在区公所外支了个卖鞋的摊，顺带做一些针线活。斗爷放学就在摊前完成作业，偶尔也会帮忙照看生意。我有理由相信斗爷对于从商的领悟与意识便是源结于此，他坐在摊前机警地注视着每一双翻动鞋子的手，幻想能挡获某个图谋不轨的小偷交到方公安手上；面对讨价还价思索着措辞与对策，找补零钱时精准地运算着终极答案，向大姐当之无愧是他第一灵魂导师。而四十年前她的那个偶发决定，使我相信，这个世界上最早意识到斗爷天赋异禀的便是向大姐。

事情是这样的，向大姐的鞋摊货源均来自遂宁油坊街物资装运站的百货批发市场。当年东禅到遂宁需要 3 到 4 个小时车程。1981 年初冬时节，摊上生意兴隆，好些货物售罄。洽值蒋区长在县里参加一个为期一周的会议，第二天结束，向大姐当机立断，决定让蒋区长顺道采买补给。这件事放在今天，是件简单得不能再简单的事情，但那个通讯与交通极度匮乏的年代，向大姐唯一的选择是找一个值得信赖的人将货物清单以及货款交到蒋区长手中。那个有些微寒的黄昏，向大姐内心一定有过短暂的思索，在否定了一系列委托对象后，她对斗爷说："幺儿，你今晚去一趟县里，捎些东西给你爸。"

这年斗爷十一岁，到过最远的地方就是去安居赶场（东禅相邻的一个区）。县城只是一个传说，硕大，复杂，车水马龙，灯火阑珊。那里有二杆子有棒老二，还有来宝与人贩子。但这些都不是问题，我觉得，此时的斗爷在向大姐的眼中就是一个屠龙少年，蒋五娃需要这样的磨砺甚至超出了进货这件事的本身。向大姐联系好一辆拉煤返城的东风车，将货物清单与二三十张大团结缝在斗爷棉袄内层，用树杈在地上简单描述了拉煤车进城后他应该如何徒步找到县招待所与父亲会师。

多年后，斗爷对于这次经历依然记忆犹新，他内心没有丝毫的畏惧，满是一种对于未知的好奇与亢奋。大概六点，斗爷坐上了拉煤车的副驾出发了，司机大叔一路上哼唱着川剧的某个桥段，车在夜色中颠簸前行，两束大灯投射出耀眼的暖色白光照亮着晃动的路面。三个小时仿佛弹指之间，大概九点左右货车抵达遂宁。斗爷在南津桥四十队门前下的车，司机大叔指着一条宽敞的街道告诉他，顺着这条街一直走，看见一个红色的牌坊那就是县政府了。我不知道斗爷是不是像电影里那样对司机大叔行了个少先队员的礼，然后说了声："谢谢叔叔。"这不重要，重要的是他双脚终于第一次踏在县城的碎石柏油路上。

一切都超出了斗爷的想象，他第一次发现原来在黑夜里行进可以不用火把或手电，因为街道上的路灯照亮着脚下的道路；连甍接栋的房屋里挨家挨户都闪烁着温馨的灯光，像一只长满眼睛的巨兽；虽然早应熄灯睡觉的时间，屋檐下的广播依旧响着，街头依然有行人穿行，不时响起的清脆的自行车铃铛声让他想起食堂的饭钟；斗爷沿着文星街一路向北，在接近一个小时的步行途中他未有丝毫困惑或者惶恐的记忆，无数讯息与感受铺天盖地席卷而来，目之所及都是那么新奇与美好，当他看见县政府巨大的红色牌坊时还有些意犹未尽。

斗爷敲开值班室，对门房大爷说明来意，大爷告诉他这次政府会议是在党校开的，与会人员也都在毗邻的招待所，你应该上那儿去找。就在这时，大概电影院最后一部片子散场，大爷就对着熙熙攘攘的人流喊："有谁到党校？带个小孩去找他爹。"其中一个中年人过来恰好也是这次会议的参会者，于是便带着斗爷来到了招待所，招待所一共四楼，在叫到第三层的时候，蒋开文睡眼蒙眬地开了门，估计惊出了一身冷汗。

就这样，斗爷出色地完成了母亲交代的光荣任务。如果这个段子独立出来展开讲述可以叫《屠龙少年寻父传》或者《蒋小五进城记》，无论叫什么，这应该都是一个关于成长的故事。

当然，第一次进城的斗爷不可能知道，三年后他将正式成为这里的一分子，从街娃进阶成为城头娃儿。

4

1984 年，遂宁为即将去县建市积极筹备，各市属职能单位紧锣密鼓建设成立，蒋区长因为工作突出被调职于市农业局，于是乎，这个七口之家倾巢迁入遂宁市。

离开东禅的那天清晨，斗爷穿着过年的新衣，裤子在枕头下压了一夜显得棱角分明，斗爷对几个前来送别的难兄难弟挥手告别，他说他会记住这片沃土，记住那些人和事。东禅那条清灰色的老街已经承载不起自己的梦想，他启程，向着未知的前方进发。

这一年斗爷十四岁，已经在东禅中学读了一年初一，大概是蒋开文同志敬畏城市的教学质量，选择了让五少爷重头来过。读过两次初一的斗爷第一次站在遂宁城东中学的操场上没有一点发怵。高大的教学楼，宽阔的操场，巍然耸立的篮球架，还有海海的人潮以及花花绿绿服装包裹下面若桃花的女生们，世界是全新的，似乎也是熟悉的，他坦然翻看着，从来没有觉得自己是一个生手。我觉得这些自信一半来自他天性中的坚韧，一半来自他后天的自我觉醒，那座坐落在涪江之滨的学校为斗爷生命的扬帆起航做好了最后的筹备工作。

据斗爷描述，他乐于助人、热心公益、擅长组织、勤于思考，具有强大的群众基础并博得了大多数任课老师的好感。他特别引以为豪的是自己在文学方面的造诣，曾经一篇名为《春风吹拂护城堤》的文章被《语文报》收录，用得到三块六的稿费请一群同学吃光了校门口摆摊的黄大妈半钵凉拌藕片，以至于他一度梦想成为一名作家，希望有朝一日能够写出《呐喊》一类深刻而尖锐的文学作品。而对于哲学的爱好使他明显早熟于身边的同龄人，当他与化学老师宋德家讨论黑格尔辩证法时很多同学还在为许文强那个午夜走出百乐门而黯然神伤，当他在班会活动上带领全班阅读《丑陋的中国人》中那段关于"三个中国人一条虫"的说法时，很多同学都张目结舌想不明白还有中国人这样讽刺自己。

其实，我很长一段时间对斗爷的这些近乎自我标榜的说法将信将疑，因为二十世纪初，我当时混迹于遂宁各大夜场，不时遇见斗爷率领一干保安游历其间，集体散发着草莽英雄的匪气，他凶狠彪悍的外形实在无法使人联想到还曾有过如此的细腻与柔情。但后来一个人无情地证实了一切——这个人就是我的表哥。他现在是国家注册监理工程师，生活单纯作风正派，对乙方从不吃拿卡要，对工程向来严格谨慎实事求是，他表示，可以用自己的《监理执业证》做担保斗爷的描述基本与事实吻合。

表哥告诉我，起初他对斗爷也不以为然，因为早在初一时他就被斗爷坑过一次，当时他俩同桌，有一天，斗爷写了一个字，上下结构，"人"与"肉"，他问表哥认不认识，表哥说没见过，查字典啥，斗爷说字典上没有这个字，表哥说字典上没有那就没有，斗爷说肯定有，他是从《红楼梦》上看见的，不信可以去问教语文的杨老师，表哥屁颠颠就去了，没想到被老杨一顿咆哮，大意是他整日无所事事，不务正业等等，表哥很委屈，觉得老杨你昨天才在课堂上口若悬河讲不耻下问，今天就翻脸不认，人格是不是有点分裂。当然表哥很快意识自己被这小子给坑了，应该压根就没有这个字，于是质问斗爷，斗爷拿出一本破破烂烂的《红楼梦》翻到这个字以证清白，他解释道，这个叫贾瑞的被王熙凤坑，深更半夜跑来约会，房子里来的却是侄儿贾蓉，很有幽默感的贾蓉调侃了句二叔其中就用到这个字。他猜测这个字含义奇妙，现在老杨的反应可以证实自己的判断。

表哥无言以对只好自认倒霉，后来彼此渐渐熟悉了起来，但都保持礼貌克制的距离。他俩真正的友谊始于初一下半学期一个残阳如血的黄昏，当时斗爷已经荣升班长且兼体育委员，表哥放学后在学校不远的一条巷子处看见了被三四个初三学长逼到一角的斗爷，他也没有多想一个飞腿加入了战斗，表哥从小观摩《少林寺》，枕头下压着《洪拳拳谱》与《格斗与散打》，身法与拳脚自然比那些打王八拳的厉害，他没有想到的是，斗爷居然也是练家子，双人合璧，很快以碾压的优势取得了战斗的胜利。事后表哥得知，起因是班上一名身材极其瘦小的谢姓同学长期被初三这几个学长霸凌，大概是课间操勾一脚，几个人合力抬起搬开双腿撞树或者威胁进贡一版洋画等，斗爷知道后挺身而出，找到他们，希望对方以和为贵，都是祖国的花朵不能自相践踏。学长们见一个一年级的小屁孩儿都敢这么挑衅那多没面子，于是组队打算拿点颜色给斗爷看看。表哥深受感动，惊叹面前这个家伙竟然如此侠骨丹心，那种"三杯吐然诺，五岳倒为轻"的豪迈胸襟被彻底点燃，从此二人义结金兰，史称"1987年4班正义联盟"。

在表哥心目中少年斗爷肉身算不上传统意义上的帅哥，但其有很多出类拔萃的所在。学习方面除了英语差强人意，其他学科成绩都名列前茅，特别是语文，虽然表哥记不起斗爷曾经入刊《语文报》（可能没请表哥吃藕片片），但表示这完全符合逻辑，因为语文老师老杨长期拿他作文作为范文在全班分享朗读。另外斗爷有着极强的身体素质，以毫无优势的身高出任校篮球队队长，盘踞在首发阵容里打组织，经常带领校队到几个中学打友谊对抗赛，从而使得城东中学在全市中学篮球领域颇有威名。他从小酷爱格斗擒拿，与他二哥在东禅的田间地里日复一日地切磋训练，其协调、耐力、力量、平衡、速度已经到达相当段位，一次在与社会操哥江六林的遭遇战中，赤手空拳对战两人，成功夺下了对方的一把小龙（当年流行坊间的一种长约三十厘米的藏刀）一根钢管。当然，斗爷崇尚暴力但却不滥用暴力，首先他不会恃强凌弱，大多纷争都是因他人而起。他喜欢先讲道理，用说教或恐吓、威胁的方式化解矛盾平息事端。如果这场群架在所难免，斗爷还会排兵布阵，比如今天邀约了八个人参战人员，他只会安排五个正面迎敌，其余三个策应，战斗一旦打响，便发起奇袭，就算对方处于优势，都会惊吓过度，顷刻作鸟兽散。这种做法在表哥看来多少有些匪夷所思，他不知道斗爷脑袋里到底装了些什么东西？

其实，早年我在表哥床头看见的那些奇奇怪怪的书大都出自斗爷的推荐，什么《丑陋的中国人》《梦的释义》《二战风云》《毛泽东传》等等，他从这些书中获得了无数人生的信条，其中有大义与权谋，信仰与手段，他开始思考人为什么活着或者中华民族应该怎样前行这样宏大的命题，也在城东中学给予他的不大的活动范围内实践与修正着自己的人生观、世界观以及处世法则。他已经知道，阅读的每一本书都是与一个伟大灵魂对话，个人的内心必然慢慢强大，会拥有那些对于洞悉人性与事物规律的能力，便能对突发事件做出快速而准确的反应，懂得如何将自己的潜能发挥到最大限度，而人类的潜能有时总超出自己的想象。

我想，这就是阅读的力量。

城东中学三年的时光一晃而过，1987 年的那个初夏，在城东中学外的河滩上，斗爷一块接一块地打着水漂，那些荡起一串涟漪的石块身后的光影炫目而美丽。斗爷告诉表哥，今年年底种子公司有最后一批内招名额，他打算去上班了。表哥表示祝福，并为自己还得继续读书感到一丝愁苦。斗爷说读书不是件坏事，自己其实已经计划报考电大，让事业满足自己物质需求，让学习充实自己精神需求，专业都想好了。表哥对于斗爷不时冒出的那些天马行空的想法或者遥不可及的规划早已习以为常，他问你想读什么呢？斗爷笑了笑说到时再看。那个初夏的微风吹拂过护城堤，河滩上生长茂盛的芦苇勾勒出一簇簇浓艳的新绿，面前青绿的涪江水向着南方静静地流淌，没有什么可阻挡它不息的前进。我不知道斗爷那篇《春风吹拂护城堤》的文章到底有过怎样立意，但那些可能质朴可能优雅可能稚嫩的字里行间，一定有过对于这条河流的赞美也一定有过关于自己内心的独白。

5

就这样，十七岁的斗爷跨出校园站在了社会庞大舞台上开始了自己的表演。因为种子公司招聘是同年的年底，中间有小半年的空档，于是乎，斗爷人生上演的第一幕是纺织厂摆纱工。

我不太能肯定斗爷到底出于什么样的初衷入职纺织厂，他解释是闲着也是闲着出去混总得找点零花钱。我怀疑是家里怕他游手好闲出啥幺蛾子，找个单位箍着比较省心。无论什么目的，摆纱工斗爷在短暂的三个月临工中深刻体会到了什么叫劳苦与艰辛。我不知道斗爷佝偻着身体在地上摆放着纱锭时是否想起《摩登时代》，但内心多半有一种被老版五角纸币上的唯美画面欺骗的无奈。

斗爷告诉我，硕大的厂房在密集的工矿灯下分不清昼夜，三班倒令人体的生物钟紊乱，以至于多年后他出游欧美各地在酒店倒时差总会想起这段悲壮的时光。叠码整齐的布堆反射着一种炫目的白光，巨大刺耳的轰鸣声淹没了人们交流的欲望，电阻与机器的摩擦形成的高温在没有制冷的厂房里打来一波一波的热浪。密闭的空间中，夏季裆能滴水，冬季则昏昏欲睡。在某一处强光中那些肉眼可见纱尘飞扬肆虐，空气中因此弥漫着布匹与金属的味道，每一个工种都单调、机械与重复，人们对于一切似乎习以为常，青春、梦想在千篇一律的无须任何思考的状态下消磨殆尽。他笃定确信自己不可能属于这里。

我说哥哥当年纺织厂美女如云不知是多少遂宁男人心中的圣地，你难道没有一点幸福感吗？从来没想过打谁主意吗？斗爷对我有些猥琐的微笑不屑一顾，摇摇头态度坚决地说不可能，随便长得多漂亮都不得。我说哥哥职业不分贵贱，你这种想法有职业鄙视嫌疑。斗爷说弟娃职业本不分贵贱，但有平庸与卓越之分。无论认知、习性、喜恶从大概率上讲能找到我需要的可能性很小。正如这份工作，它本身没有毛病，但不适合我。为啥人们要寒窗十年，目的不就是改变命运吗？卷在家种种地打打短工也能终其一生，人们无权说好坏对错，这取决于每个人内心的志向。

我认可了斗爷的说法，我们从小到大听太多那些关于平凡中体现伟大的故事，但很多时候，平凡就是平凡，伟大就是伟大，与职业本身没有关系，只是被讲述者利用人性中闪光点来混淆了视听。职业中必然有平庸与卓越，就像你可以说美团骑手很伟大，在你摊在沙发上时把一盆冒菜送到你面前，但你不会说他很卓越，你会说王兴真的厉害。你对某个骑手本身肃然起敬的可能性不太高，除非他帮你点的外卖送到地点后告诉你，网恋奔现有风险，这个接单小姐姐其实翻版乔碧萝殿下。

这年年底，斗爷以三科总分第一的成绩在二十多个报考人员中脱颖而出，成为九个录用人员之一。我们姑且不必质疑考试的公平性与真实性，因为就算斗爷提前拿到了温馨提示，那么其他人同样也会拿到，毕竟只是招工不是招干，能考第一的本身已经说明问题。

接下的两年时间，斗爷在位于南坝车间的种子公司里从事仓库管理员工作，那几栋砖混结构的房子坐落在郊区的空地上，四周是开阔的农田。农忙时节，农用车、火三轮络绎不绝地出现在仓库坝子里，那些拿着提货单守候的司机或雇主对斗爷态度恭敬，斗爷从容地开着出货单，指挥着搬运工上车下车。闲暇之余，他看书读报或透过办公室那扇破旧的木窗凝望天空，"社会"的形态在他眼中渐渐清晰起来，未来已来又去向何处在天际几朵奶白的云彩后影影绰绰。对这份收入颇丰循规蹈矩的工作谈不上狂热却也兢兢业业。在这里，他熟悉掌握了各种农药的用途，认识了各类农作物的种子，同时着手追求一个女生，并成功在几年后使这个女生成了孩子他妈。

关于如何泡妞，很遗憾，我到目前为止还没有正式地与斗爷探讨过。我觉得像我这么知书达理像他这么气冲霄汉的男人是不齿于纠结这些问题的。但作为一篇人物故事，爱情与婚姻又是道迈不开的坎，就算忽悠也得点点题。好在本文属于"非虚构"，搞不清楚我可以连猜带估借以蒙混过关。

这个世界上不喜欢肤白貌美大长腿的男人应该不多，如果能有温良恭俭让加持，那必然惹得一干雄性动物如饥似渴。但大多数男人对于那些摄人心魄的女人内心是自卑的，觉得配不上搞不定，还不如故作清高以饰惶恐，从而获得那么一点卑微的尊严。当然，这里的泛指是拥有寻找配偶合法权益的单身狗，符合社会道德范畴的广大男性朋友。但大家会发现一个有趣的现象，美女一般被两种人诏安，一种是有权势与财富的，二种就是无所顾忌且脸皮厚的，这点《夏洛特烦恼》中有高度提纯，现实中思雅嫁给了前者，穿越后嫁给了后者。年轻时，班花级花校花都被调皮捣蛋或者社会混混祸害，出生社会后，美女差不多都被权贵席卷而空。无论怎样，成功者有一个共通的特质——内心强大，敢于直面，勇于追求，锲而不舍。

斗爷恰好就具备了这种特质。据国家注册监理总工表哥的回忆，当年班上有一个吴姓女生貌美如花，在表哥眼中不说倾国倾城，但绝对倾街倾巷，他看见便转得老远，却又不时在视线中搜寻她的方位，在暗恋最严重的日子里睡觉都在背：莫道不消魂，帘卷西风，人比黄花瘦。斗爷知道后比了个国际手势说，大哥，喜欢就得表达，就得直抒胸臆。表哥说怎么表达，怎么直抒胸臆？我看到她的舌头打结，说不出话来。斗爷叹了口气，一副恨铁不成钢的老道，他说第一步你们得熟悉，你得知道她喜欢翁美玲还是林青霞，吃"冲"喜欢红萝卜丝丝多还是带皮丝丝多，藕片片要不要醋？然后找到你们的共同点，加强输入这些意识，记得对她的赞美，有多好就说多好。火候差不多了，就告诉她，你喜欢她。见表哥一脸惊愕，斗爷拉着表哥就走到吴同学面前，东拉西扯说了十几分钟，时隔久远，表哥早已记不起他们到底说了什么，但这堂关于胆色的教育课令表哥铭记于心，当时唯一庆幸的是斗爷对吴同学不太感兴趣，他的注意力被班上另一个貌美如花的同学吸引，相传这段情感即是斗爷初恋，如同每个年少轻狂情窦初开的爱情，那些细节早已淹没红尘，表哥脑海中只有一个奇幻的记忆，他看见斗爷顺着一根下水道攀爬上一栋楼房二层的窗户，那是这个女生闺房的所在。斗爷把一封情气洋溢的情书押在窗台上，回眸一笑，就像一个将战旗插在了敌军城头的勇士。

所以，青年斗爷追求斗嫂时应该是气定神闲地打出的一套组合拳，他可能抄过雪莱、拜伦歌德的爱情长诗，也可能为其撰写过一篇名为《十里春风都不及你的笑》的万字情书，可能在大众电影院看《世上只有妈妈》义正词严批评了那个负心汉，还将一瓶天府可乐放在斗嫂手中，还可能在美佳乐歌舞厅制止了某个企图纠缠斗嫂跳上一曲快三步的小青年莽撞行径，诸如此类，等等等等，不然这个肤白貌美比他高的女生也不会在三年后嫁给斗爷，并于 1995 年为这个家庭诞下可爱男婴一枚。

如果说斗爷在种子公司的两年工作中，斗嫂是影响他生命轨迹的女人，那么高孝斌同志就是影响他生命轨迹的男人。

6

公元 1990 年改革的浪潮如火如荼，遂宁市与西双版纳结为了友好城市，市级相关部门提出"北上呼伦贝尔，南下东南亚"的号召，时任工商联总商会经济处主任的高孝斌同志受命前往西双版纳勐腊县成立办事处搞边境贸易。在与种子公司的业务往来中，他看中了斗爷，于是将其借调到麾下做助理。在此之前他们肯定有过一次交谈，可能在工商联的办公室也可能在某个茶园一隅，老高介绍了大致情况，斗爷经过短暂的思考同意了，也许他早就对仓库管理的墨守成规感到乏味，也许天生的商业嗅觉让他闻到了财富的味道，他打点行装踏上征程。

那个遥远的边陲小城成为斗爷的入海口。他坐在一列驶向南方的绿皮车上，城市、农田、丘陵、荒野、高原从窗外飞掠而过，内心亢奋而欣喜，他抬起沉重的窗扇漏出一小段空隙，气流扑面而来，稀释了车厢中浑浊的空气，扬面迎风，四周的嬉笑声、呼噜声、咳嗽声，小孩的哭叫声，成为大千世界鲜活的证据，不管前途如何，自己都需要一头扎进这股洪流之中，就算做不了弄潮儿，也要体会一把潮起潮落，沉浮跌宕，参与过为之努力过，便是人生一笔浓墨重彩。当斗爷最终站在勐腊县的土地上，新奇地看着川流的人群中那些傣、哈尼、彝、瑶、苗、壮等异域服饰的鲜亮与多彩，望天树花神奇的芳香弥漫空气中，一只白喉犀鸟停在一颗香蕉树上不时发出响亮而粗粝的啼叫，如驰马的嘶吼，一阵轻拂而过的亚热带气流摇动了香蕉树叶，白喉犀鸟拍打着翅膀冲向天空，斗爷凝望湛蓝天际那飞翔的身姿坚信这就是自己的写照。

　　然而，现实没有这么诗情画意。三十年前，从遂宁到勐腊需要四天的漫长跋涉，第一天汽车到达成都，成都乘坐火车到昆明一天半，昆明换乘汽车到景洪一天半，景洪到勐腊还要大半天，其中晚点、购票、换乘、住宿、伙食等等问题想想都让人焦头烂额。勐腊县虽然毗邻缅甸、泰国、老挝，其实全无边境城市该有的繁荣，东南亚诸国的贫穷与混乱令斗爷倒足胃口，以至于后来无论这几个国家的旅游业发展得多么火爆，朋友喊得再热闹，斗爷都坚持不涉足半步。用他的话说：当年我见他们省长都是穿着人字拖，我还去玩个什么？

　　办事处设在一栋简陋的民房一楼，工作生活一体化，所谓边境贸易，就是将中国的棉纱、布匹、农用器具等日常物资与这几个东南亚国家的汽车交换，汽车以日系为主，所以如果你九十年代初期看见那些在遂宁南北干道上驰骋而过的丰田、本田大部分都源自于此。在勐腊县驻守的两年半时间里，算是斗爷征战商海的牛刀初试，他在负责汽车的接货、过境、海关、上牌以及发销的过程中从未有过失误。斗爷印象最为深刻的就是第一笔生意是押运三台拖挂车将26辆小车运送回川，两千多公里的路途大部分吃住都在车上。我无法得知斗爷会不会想起十一岁那年进城送钱的夜晚？稚嫩少年已经成为意气风发的青年，他穿过大桥翻过高原时看见江水与云海在脚下舒卷流淌是否雄心万丈？祖国山河在眼前无限展开，人生的影稿也一样徐徐落笔。

以我的判断，历史上将从事这种贸易的人称之为"倒爷"，涌现于八十年代消亡于九十年代初，从初代的电子表、计算机、电视机等发展到小汽车甚至飞机，这种时代特有的产物造就的一个特殊的人群被无数文学影视作品描述过，传说中，他们来自北京或者黑龙江，形象大都脑壳滑膛、财大气粗、风光无限，20岁的斗爷在时代的洪流中搭上了"倒爷"的末班车，从而让我侥幸地认识了一个鲜活的"中国四川末代倒爷"。

1993年初秋的一天，斗爷约表哥喝酒，他们在本源火锅喝光两瓶沱牌枸杞酒。那天秋月如镜，繁星点点，狭小的包间内两张年轻的面孔被酒精染得通红，斗爷说边贸不搞了他回遂宁了，表哥说搞得好好的怎么停了？斗爷表示因为商品流通体制的完善与价格双轨制的消失，这个行业已经成为过去。表哥听得有些懵但表示理解，他问斗爷那是不是回种子公司，斗爷说我被借调到中区公安局了，他们成立了一家保安公司，我去负责经营。表哥还是有些蒙依然表示理解，他问斗爷还有什么打算。斗爷说我报考了电大，表哥说什么专业，斗爷笑了笑说：法律。搞保安公司不懂点法律怎么行？斗爷顿了顿又说："兄弟，我现在感觉自己就像一把已经磨得锋利的剑，可以出鞘了。"

我用表哥执业证发誓，他告诉我这件事情的时候我汗毛倒立，我无法想象一个二十三岁的愣头青会如此描述自己——"利剑出鞘"，那是怎样的一种豪气、锋芒与信心。而让这柄利剑出鞘的人是时任中区公安局局长的刘安远同志，也许某一次机缘巧合下的邂逅，也许是一场公务的会面，他认识了这个血气方刚、彪悍干练、思路清晰的年轻人，并从其眼中看见了传说中的"剑气"，他确信这把剑，寒光一闪便可削铁如泥吹毛立断。

斗爷接受保安公司的第一个项目就是在灵泉寺山脚下的一块空地上成立了"军警实弹射击场"，中区公安局与遂宁军分区联办，投资二十万，一个春节假期便回收全部资金。遥想当年我途经射击场，看见一群老百姓在几个武警的协助下，拿着步枪、手枪、冲锋枪对靶场噼噼啪啪的射击，一旁白纸红字"步枪子弹1.5元手枪子弹1元"的告示显示，那些扣动扳机的人都是时代骄子，都是有钱人。斗爷可能隐藏其间，看着打得发红的枪口心里多半吟诵出八字绝句："枪声一响，黄金万两。"我摸索着兜里寥寥无几的钞票黯然神伤，觉得才叫赤裸裸拿着枪抢钱。暗自劝慰自己，佛门清净之地应该少一些弹火硝烟，灵泉寺的晨钟暮鼓才是值得去感受的道法所在。而最不人道的，射击场旁边就是赫赫有名的灵泉看守所，其中不乏一些徘徊生死之间的重刑犯，肉身的桎梏与灵魂的煎熬原本已经悲从心来，当枪声在耳畔肆虐，那是何等的心惊肉跳催胸破肝？我佛慈悲，阿弥陀佛。

紧接着斗爷全程参与了保安出租汽车公司的筹建工作，虽然只有十二辆车，但依然不耽搁它成为遂宁第三大出租汽车租赁行。那款成都制造美其名曰"夜明珠"的汽车被漆成猪肝色，于世人眼中美艳不可方物。四千多一个月的价钱在10元起步的强大助力下使得承包者趋之若鹜。大概是受出租车的启发，斗爷于次年成立了一支专职服务卧铺车的武装押运队。

九十年代初期，为了满足日益增长的商业流通需求，遂宁皇冠灯汽车站夜班卧铺车应运而生。那时遂宁到成都或者重庆全程大件路耗时五六个小时，赶乘的基本都是经营服装百货一类的店主，晚上十一点发车，一大早采购，下午回程，既省了住宿钱还节约了时间。由于没有 POS 机也没有电子支付，异地取款还有大量手续费，人们基本都选择携带现金交易。古语有云：有钱的地方就有罪恶。打劫夜班卧铺车的犯罪行为时有发生，无论你藏在裤裆里或者胸罩里，都让你风吹鸡蛋壳财去人安乐。

斗爷表示，他不知道自己算不算全国第一个吃螃蟹的人，但肯定是四川省第一个吃的人。这支由 32 人组成的武装押运队成为当年卧铺车的一道正义的屏障，让一切企图打家劫舍的歹徒望而生畏望车兴叹，让那些藏在裤裆与胸罩里的钞票能最终履行它们神圣的天职。你可以把他们看成船山区保安，也可以看成二十世纪末最后的镖客。虽然每辆车每月大概有一千渔利，但车老板们个个求之不得，特别是"菜园坝之役"，使得斗爷在卧铺车押运史上一战流芳光耀古今。

发往重庆的卧铺车均到站菜园坝，车站上有一群"羊儿客"（即帮忙拉客上车），起初还算讲谱子，拉一个人 1 元，慢慢涨到 3 元，最后一个人不拉，直接上车点人头，整得跑这条线的六个老板苦不堪言。斗爷闻讯后怒火中烧，大概与鲁提辖知道镇关西欺负金翠莲时的心情差不多。于是从公司里挑选了 20 个体强力壮身手敏捷的退役军人，装扮成乘客来到菜园坝，当两个羊儿客上来收人头时，斗爷站出来严厉地批评了他们无耻的行径，希望他们下不为例好自为之，两个羊儿客刚要动手，斗爷安排了第一批五个兄弟伙站了起来，羊儿客见状说好你个崽儿等到，不多时纠集了十几个帮凶手持棍棒围住了车叫嚣。斗爷冷笑一声大喝：

"打！" 20 个保安兄弟如下山猛虎将一群恶霸打得抱头鼠窜鬼哭神嚎只恨爹妈少生了两条腿。斗爷将四个被揍得七劳五伤的穷寇送往当地派出所，拿出事先在局里开好的证明表示我们不是来打架的，我们是来打击车匪路霸的。

听到这段往事时我并不惊讶与陌生，那些实战操作斗爷初中时便驾轻就熟，先是打草惊蛇，继而抛砖引玉，再而关门捉贼，最后还金蝉脱壳。所以说，多读点书，打架都有用。我知道卧铺车押运不会包含震慑羊儿客，斗爷倾情放送的"欢乐斗"肯定源自他骨子里的侠道柔肠。

1996 年，中区保安公司在机制改革中落下帷幕。斗爷再次站在命运的路口，纵有无限依恋，但尘埃落定，需要再度出发。当他注视着三年电大法律系的毕业证与考取的法律工作者执业证时，前行的方向了然于胸。他到种子公司办理了停薪留职，开始了全新的征程。没有什么可以畏惧，因为他已是那一柄出鞘的利剑，也是那个披荆斩棘的哥哥。

7

有时候，你会发现一些人在命运的每一个节点都能华丽转身，你千万不要以为是他祖坟冒烟天天出门踩狗屎，其实是他有备而来。我相信，斗爷也有过彷徨或者黑暗中痛苦的思索，但他始终能保持微笑，并且迅速找到解决的办法。

接下来的三年里，遂宁市出现了一个西装革履皮鞋透亮的矮壮法律工作者，他活跃在民商、经济、诉讼、刑事的法律一线，为委托人寻找开罪的证据或者诉讼的依据，在法庭上策马扬鞭慷慨陈词，他精力旺盛、老练通达、四清六合，那些身陷囹圄的人们见他如见圣迹。当然闲暇之余也代写遗嘱或者离婚协议，为驾鹤西去者了却尘缘也让爱能梅开二度撒下一把把有机肥。没错，这个人就是斗爷，委托人都亲切地叫他"蒋律师"。

注意，我说的是矮壮的法律工作者而不是矮壮的律师。这里做一个注脚，当年两者都可以作为代理人上庭辩护，只有一些特定的区域体现出差异，界限并不十分明显。中国《律师法》也是这年才通过全国人民代表大会，落实贯彻以及实践过程中的规范到最后落地地方也需要假以时日，所以，法律工作者斗爷以律师为职业，在这座川中小城赚取委托人代理费。

我觉得这是斗爷人生成长的一个重要的环节，因为他从海量的人与人之间那些尖锐的矛盾中，窥探到了关于人性的阴暗与光明，险恶与磊落以及偶然与必然。那些残酷而血淋淋的案例在斗爷心中翻滚跳跃，化成了对于生命的敬畏与悲悯。在为永兴镇钟家湾一个倒插门女婿杀人案辩护时，斗爷走访了全湾一百多户人家收集那个瘦小的唐姓男子被死者长期欺凌的证人证言，在获得死缓判决后，那个男人呆滞的目光在与斗爷相视的瞬间燃起的希望之火令斗爷感到神圣而荣耀。在为一个户口簿年龄已满十四周岁的致人重伤的少年辩护时，他与其父母的沟通时获知少年真实年龄刚满十三时，前往几百公里的雅安寻找当年的接生婆的证言，并且数次前往西眉火捻村收集证据，最后还神奇的帮这对夫妻找到了他们藏于房梁上的结婚证，从而令少年得到法律赋予他的公正惩戒。当为川北教育学院一个来自三台县的在校生抢劫出租车致人重伤辩护时，斗爷对于这个为女友筹措人流费而铤而走险的少年惋惜无比，在见到少年从老家赶来的那失魂落魄的贫困农民夫妻后，斗爷收下了他们从老家带来的一百个鸡蛋作为辩护费用。这个很有画面感的场景总让我想《东邪西毒》里洪七收下孤女的那篮子鸡蛋的画面。

斗爷每次追忆那些个案时神情尽显索寞，他说这个世界没有天生的坏人，那些十恶不赦罪孽深重的人很多是在一个拐点迷失了自我，人生的毁灭更多是一瞬间的激情与不可控制下发生的悲剧。斗爷律师生涯的最后半年里在《遂宁日报》的"周末周刊"上连载了十几期案例分析与浅析，以此警醒世人，当了盘"遂宁版冯梦龙"。

很难想象，斗爷以一人之力，不足三年的职业生涯里代理了三百多个案子，也就是说，平均三四天就需要完成一件。对于这个数据我特意咨询了一个律师朋友，他说除非这个人有着超群的专业知识与异于常人的精力，否则很难达到。专业知识方面我不太清楚，毕竟我当年一直没有机会站在被告或者原告席上一睹他的风采。但从那些成功的案例中我认为斗爷起码算一个合格的委托人，不然灵泉寺看守所里也不会发生那么多令每个销售人员都梦寐以求的转介绍。而异于常人的精力我认为他是绝对符合量行标准的，记得1996年的秋天，斗爷在业界已经小有名气，有一天他找到我，让我帮他老挑装修位于遂州商场二楼的咖啡店。斗爷每天早上八点准时到工地上打卡，见我不在又是电话又是传呼，我睡眼蒙眬地冲到工地挨他一顿劈头盖脸的骂，打起精神才去医院打了强心针过来。他移动电话不时响起，都是一些官司上的事务，接完无缝衔接的继续批，批完风风火火跳上辆三轮就跑了。他的语言充满蔑视与侮辱刺痛我稚嫩的自尊心，他那台拉风的滑盖诺基亚8110伤害着我年轻的虚荣心。那段时间，斗爷那张脸与其旺盛的精力成了我午夜的梦魇，现在回想起来依然历历在目触目惊心。

没人说得清楚如果斗爷能拿到"律师证"会不会在这条道路上一直走下去，包括他自己。只有一个不争的事实，那就是三年的法律工作不仅让他从三到五千元一个案件代理费中获得了差不多0.01个小目标。之后，衣冠楚楚的"蒋律师"弃笔从戎换上保安服，酷似特警的暗蓝色套装使得他神圣威严，高帮军用鞋令他英姿挺拔，制式皮带束出了虎背熊腰，上面一边是警棍一边是手铐，如佛旁的力士，令斗城牛鬼蛇神噤若寒蝉。

我们知道，历史上但凡有牛人转型都有一段轶事作为呈堂证供，斗爷也不例外。相传，1999年9月的一天黄昏，二十九岁的斗爷站在九眼桥的安顺廊桥上打望，府南河一汪碧波沉默地匍匐脚下，一轮浅淡的月牙挂在西方，清风拂面，人流如梭，斗爷大概还沉浸在那天他送一个友人到双流远行的思念中，一个须眉白发身着中山装的老者拍了拍他的肩膀说："小兄弟，借一步说话。"斗爷会格斗懂法律，借步又不是借钱，于是与老者来到一处僻静处。老者说："我讲三点，第一你入错了行，你不是拿笔，是摸枪的，命格里是带兵的命。第二，你将拥有巨大的财富。第三，你的子女将来会超过你。"说完拿着斗爷给的十元钱消失在茫茫人潮。可能从小到大斗爷潜意识都觉得自己应该驰骋疆场杀敌建功保家卫国，老者第一句话深深触动了斗爷。但现在自己既不是警察也不是军人，如何才能实现这一命相呢？就在这时，斗爷看见一个残疾书法爱好者正盘坐地上，用粉笔奋笔疾书——"保心如止水，不受万物役。安得有英雄，迎归大内中。"斗爷猛然醒悟，因为他豁然从两句诗词里看见了"保安"二字。

不好意思，这个缺乏神秘感与仪式感的桥段可能让大家有点失望，那位穿梭于成都大街小巷的江湖相师的术语也乏善可陈，残疾书法爱好者的藏头诗桥段也颇显牵强与拙劣。我曾找斗爷求证，他不置可否，也许是怕我传出去被世人耻笑搞封建迷信，也许压根就是好事者胡说八道。无论传闻如何，事实是1999年初秋的一天，斗爷在书店看书时偶遇原中区保安公司老总吕建华同志，斗爷询问老吕中区保安公司撤销后，市保安公司现在怎么样？老吕说是个空架子，就和平路有家售卖保安服装、器具的门市部。斗爷一听喜出望外，第二天找到市保安公司经理赵一之同志，毛遂自荐，大谈保安之道，预测这个行业将是不久的将来成为社会主义建设中一支不可或缺的有生力量。老赵同样听得血脉偾张，让斗爷拿一个文字资料来找领导批示。当天晚上，斗爷伏案奋书，撰写出一篇洋洋洒洒两千多字的企划书。第二天早上应该秋高气爽艳阳高照，斗爷穿着一身得体的西装，出门前用金丝绒擦亮了皮鞋，给自己的板寸上打了一坨洁白的摩斯（啫喱），还庄严地吃了一个鸡蛋两根油条与一杯豆浆，食物让他精神抖擞，而成功说服下这一纸批文的憧憬令他红光满面。他打了一辆车来到市公安局，老赵将斗爷带到了已经时任市局副局长刘安远同志的办公室。刘局长亲切接见了斗爷，询问了这两年的工作生活情况，在仔细阅读了企划书后，扭开跟随他多年的"英雄"钢笔签署了同意组建遂宁市保安大队的批示，任命赵一之同志为大队指导员，任命蒋勖同志为大队长。

斗爷的保安之路终于再度起航。他耳畔多半会回响起一个男中音浑厚铿锵的声音"雄关漫道真如铁，而今迈步从头越"，画面是长城、枫叶以及漫天的朝霞。

<h2 style="text-align:center">8</h2>

说句实在话，在本人的印象中，保安职业最早出现的地方就是娱乐场所。高中时去舞厅就曾看见过他们的身影，主要工作是在门口查票兼搭保洁，年龄偏大弱不禁风，面对纠纷骚乱集体保持缄默，不是他们没有责任心，试想没组织没团队，连一套像样的制服都没有，赤手空拳怎么与恶势力做斗争？到了1995年以后迪吧的风靡保安气象稍微有所改观，但感觉也只停留在服化道的层面，记得有一次我在百货大楼2楼的迪吧耍，中场时几个操哥大打出手，其中一个居然掏出了传说中的流星锤，我擦，真的是流星锤！就是《杀死比尔》制服美少女与《无极》光明将军用的兵器，那个差不多十五厘米铁球直径后面套了一扑三四米的铁链，目测都有好几十斤，当时我便对那个操哥五体投地，割孽可防身，平时能健身，都不耽搁。显然，那个操哥对于流星锤的驾驭流于形式，没有一次击中目标，每次铁球惨烈地掉落地面我都心头一紧，替老板找人换地板砖揪心。两个保安同志站在械斗范围之外大声喝止，同样流于形式。可以这样说，我进十次娱乐场所，一半以上的时间都会有江湖械斗发生，现场保卫工作者都采

取了无为而治的谦和原则。所以很长一段岁月保安都是一种装饰件伫立在红尘之中，基本没人把该行从业者放在眼里。

我没有与斗爷深入探讨保安大队如何从无到有，用四年的时间到达一千多人的大团队。但要从一个混沌初开的行业中开辟新天地，绝对需要过人的胆识与智慧的。我可以想象，1999 年冬日的浓雾将那个清晨的城市严实包裹，和平路公安局几栋建筑与大院内种植的苍松翠柏若隐若现。斗爷坐在报警中心的半张办公桌前胸有成竹，虽然大队账上没有半毛钱，手上有的只是一张任命书与一部乌红色的座机，但他心中已有一张清晰详尽的宏伟蓝图。那天上午，斗爷可能已起草了第一份《遂宁市保安大队工作守则》，也可能打出第一通招聘电话，浓雾也渐渐散去，一缕阳光照入，整个房间因此镀上一层金色的光芒。

千禧年起始，"遂宁保安大队"在江湖上声名鹊起，如果你到某个夜场你一定会见到那些站在入口、舞池、表演台的保安同志，他们一改之前的老弱病残，个个体格健壮，孔武有力，甚至连眼神都像镇抚司当差的犀利、傲娇与敏锐，印证着遂宁境内国道旁那些农家围墙上白底红字"有志男儿当保安"的恢宏墙体广告（不清楚是不是斗爷搞的文化攻势）。如果你看见三五保安簇拥着一个三十来岁的矮壮眼镜，这个人很可能就是"蒋保安"。你会震慑于他的豪横，乖乖地喝酒，友好的蹦迪，把火药枪或者管制刀具藏在离你十米的卡座沙发下面，你如果想滋事，你也会首选散场后远离保安同志工作范围之外去实施犯罪。

斗爷用夜场撕开了遂宁保安行业的第一道口子，一份职业需要一份职业的操守，一个行业需要一个行业的形象。如同一个王朝的建立，总要打几场决定命运生死的硬仗，不仅歼灭敌对势力，鼓舞士气，还树立起天命所归的正义造型，才最终一统天下。相传斗爷江湖立威的首秀源自"焦点"迪吧，当时号称遂宁最大涉黑分子四阿哥在这里将两名保安同志打伤，斗爷亲点一队人马支援，在霓虹闪烁的迪吧大厅里上演了一出声势浩大的除恶之战，具体情况请大家自行脑补。斗爷表示，他当时出于义愤，一拳打断了四阿哥的鼻子，为遂宁保安史书写了跨时代意义的荣耀篇章。这次事件中，遂宁保安大队成功控制了包括四阿哥的十八名黑恶势力，并悉数移送公安机关。我不知道凯旋的斗爷会不会想起多年前方公安让自己看押东禅操哥的那个晌午，他嘴角的那丝满足的微笑应该是对童年梦想落地的致敬。之后四阿哥被拘役 77 天，从此改掉了部分不良习惯——史称遂宁 5 · 30 大案。

当年社会上流传过一句话："宁愿被公安逮，不要被蒋保安抓。"我从这句话里听出了斗爷的杀伤力，也能够感到其中的暴戾，他们一定是挨了足够的黑打，才会发出如此凄凄切切的感叹。我猜想保安大队在维持秩序的同时也游走在法律的边缘。因为每一个经历巨大变革的时代都会滋生一些不良社会风气，任何新兴的领域都会经历从偏离中走向规范。那几年城市建设全面展开，操哥们白天抢工地晚上就聚集在迪吧肆无忌惮飞扬跋扈，深蓝、TT、太阳谷、焦点、桃花源等等两天一小打三天一大打，无一例外发生过命案。在那样的特定时期，雷霆手段也许是不多的选择之一。我想，无论保安到底有什么样的职权职责，但制止暴力肯定是其应尽义务之一，在第一时间充当正义的化身，制止暴力必然需要对抗暴力，我想斗爷大概把法律法规应许的范围使用到了极致。

从夜场的引爆开始，遂宁保安大队业务渐渐覆盖了包含学校、银行、医院、市场以及拆迁的众多领域。2004 年，斗爷受命组建遂宁市保安物业公司，我不知道取名字的时候他是不是正在喝一瓶"金威"啤酒，那口苦涩醇香的麦芽裹着气泡使他神清气爽，当机立断借用了这两个字，将保安物业公司冠以"金威"。两年的时间，斗爷又从一个人干到了三百人规模的公司，成了遂宁第一批物业方面的专家。

时间来到 2006 年，这一年张艺谋拍出《满城尽带黄金甲》获得 2 个多亿的票房，这一年中国实现了加入 WTO 的承诺放开了保安市场。这标志着保安行业的社会化与市场化道路的铺就，公安机关只负责保安行业准入条件的审批，不再自办保安公司。这一年，斗爷挥别"金威"，辞职种子公司，开办了一家真正意义上属于自己的公司——"金安物业服务公司"。至此，三十六岁的斗爷完成了最后一个华丽的转身，他用了十九年时间，向前、向后、反身、转体、屈膝、翻腾，插入碧波汪洋，如蛟龙入海，动作自由、流畅、娴熟，难度系数 9.99。五年后，"金辉保安公司"挂牌成立，而立之年的斗爷站在斗城之央，不惑的眼神中闪烁着金色的光亮，实现了精神与财富的双重自由。

所谓的精神自由，便是斗爷以"斗城表里如一"注册的微博号，峰值时坐拥了五万+粉丝，当年也算一个有一定影响力的大号。他与同城大 V 冯爷、谢歆、周为、王中明等组建了"遂宁新浪微博联盟"，斗爷被推盟主，开始了有计划有组织的公益活动。他们帮助罗家桥返乡女村干部的无花果种植基地打造品牌，资助从事跑腿工作的小伙自主创业，为遂宁留守儿童贫困学子捐资助学，给南津桥"见义勇为"勇士李颖筹集善款等等，在民间公益的道路上一路狂奔。2015年斗爷被任命为船山区工商联副主席，一年后，被民建吸收为船山区总支副主委，以至于后来成为人大代表政协委员（此处省略多个社会头衔）。个人认为，斗爷这些年脾性得到显著改善，言语相对委婉，态度相对谦和，眼神相对温柔，我想这就是统战的力量。

9

作为一个严肃文学爱好者兼影视文艺爱好者，我严词拒绝了多场野酒多局野牌脚踏实地兢兢业业穷尽半生手艺，算是拉出了这么一个长镜头。我就是那个集导演、摄像、灯光、剧务于一身的苦逼后期，黑着眼袋，虚着眼，叼着根烟灰摇摇欲坠的烟，一帧一帧缝缝补补为诸公呈现出关于斗爷这半个世纪的经历与故事。很多时候，我觉得人生宛如一场大型的拼图游戏，每时每刻你都必须填入那块碎片，逃不掉，躲不过，但上苍给予你的碎片却有不同的质地——金、银、铜、铁与烂泥，看你用什么材质去拼凑自己人生的画卷。只是，每一种材质于每个人眼中都不尽相同，就像世人眼中的斗爷。

前两天我跑到斗爷办公室蹭雪茄，他从保湿柜里拿出一盒高希霸，用拇指与中指卡住一把金光闪闪的雪茄剪，见混抽成功，我说："哥哥我以前其实一直挺纳闷，1995年你给公子取名'金峰'可能是种巧合，2004年你给保安物业取名'金威'可以看成你是喝啤酒时的灵光乍现，但接踵而至的'金辉物业''金安保安'以及'金峰商贸'，甚至发现你相关企业信息还有资阳的'金勋物业'，我就怀疑你是不是五行缺金？"

斗爷手中金光一闪，那根高希霸世纪 4 号的茄帽被斩，我头皮一麻，不待斗爷打洞，笑着拿过雪茄闻了闻又说："我一想不能够呀，哥哥像缺金的人吗，于是翻出我爷爷的爷爷留下的皇历一查，原来哥哥是金狗命，庚属金戌为狗，天干地支都是金，要六十甲子才得一循环。再往下看，服了，为人坦率，性格豪爽，乐于助人，进取心强，能取四方之财。看来都是天意。"我用喷火烧燃雪茄，吹了一口。

斗爷也点了一支，那根粗壮的雪茄在他粗壮的指尖旋转晃动，画出一阵青色的烟浪，他笑了笑说："没有人可以天生就拥有成功，一个'金'字无法让命运走上康庄大道。"他包住一口烟注视着燃烧的烟心再徐徐吐出，似乎在浓郁芳香的烟雾里回味那些峥嵘岁月，他说："我只是这个时代的受益者。"

不止一次，斗爷在公共与私下的场景中都表示过这个观点，虽然他对我追问受益程度以数字表达具体是多少时都置若罔闻，但我确信，他是发自肺腑的感叹，笃定而真诚。也许，这个世界上不可能有纯粹表里如一的人，但斗爷对于这个城市的热爱是毋庸置疑的。他一手打造的事业为社会提供了众多就业岗位是不容辩驳的，他用掌握的财富密码所奉献的爱心也是有目共睹的。我扬了扬手中的雪茄道："来，共敬这个时代的受益者！"

斗城网格员传奇

有人的地方就有社区，有社区就有网格，格子是组织画的，路是网格员自己走的。

每一个城市都有着这样一群人，他们没有体面的身份，光鲜的工作环境，领着不高的薪水，游离在大街小巷，穿梭于人前人后，干着看似鸡毛蒜皮的琐碎小事，却是这个社会不可取缔的部门。

他们主要的工作采集录入人口、房屋、事件各种基础信息，及时排查、上报矛盾纠纷、不安定因素、隐患等信息，说到底，就是对人的管理。

不知道谁说过：有人的地方就有社区，有社区就有网格，格子是组织画的，路是网格员自己走的。

没错，他们就是社区居委会网格员。

这群来自各行各业的人，有着不同的背景与认知，经历与技能，但他们有一个共同为之奋斗的目标——为人民服务。

在下通过近年的舆情与民间传闻，收集整理了三位斗城网格员的故事，我慢慢讲，你慢慢看，当然，你如果觉得这不是故事，那就当我扯淡。

润德社区网瘾杀手

何嘉宏在润德社区一带的旅行社很有威望，只要他去，上至老板下至保洁阿姨都会给他奉上一杯上好的花茶。何嘉宏会问问最近生意如何，有没有什么困难，然后拿走一些新推出的旅游产品宣传单。

这个习惯从他五年前当上社区网格员开始就养成了。

在他管辖的网格内，那些深受网瘾荼毒的少年一个一个乖乖地重新走入学校，变成了三好学生。乃至于，有家长专门购买或租住何嘉宏负责网格区域的房子，好让他帮助自己的孩子解除网瘾，回归学校家庭。从而导致该区域房价普遍高于同类地带小区。

这个世界上，除了地价、学校、房开公司、炒房团，单凭借个人能力影响房价的人不多。

何嘉宏从一个出租车司机到今天的蜕变，有一段血泪的经历。

五年前，何嘉宏十三岁的儿子从自家八楼上跳下去了，同他一起摔下去的还有一把塑料宝剑，邻居张大妈及王大爷证实，他儿子在跳下去之前喊了一声："御剑飞天。"

那把叫倚天还是屠龙的宝剑竟然完好无损，但儿子破碎的肉

105

体却无法修复了，温热的血染红了剑刃，那是用一个年少的生命奏响的殇曲。

何嘉宏无法从悲痛与自责中解脱出来，他在亡妻墓前长跪不起，旁边便是儿子的新坟，他思索成因，自己该不该给儿子买那台电脑？该不该在儿子网瘾初见端倪时候严厉制止？该不该将他反锁在房间？该不该出门之前将无线断开？

这些思考显然不会有答案，何嘉宏找不到任何活下去的理由，他决定自杀。

何嘉宏卖掉了出租车，写好遗书，他自认为无颜与妻儿埋葬一处，所以决定在一个美丽地方结束一切，那是对自己生命最后的尊重。

他看中了川内一个知名的景点，那里重山叠嶂风光秀美，还是举国闻名的佛教圣地。他希望能葬身其间，来世当个好丈夫好爸爸。

何嘉宏随意选择了一个 188 元的两日游套餐，按照行程，第二日上午，他便能出现在那块悬崖边沿，望着那一抹金色晨光，迎接死亡。

但是，第二天晚上他安全地回来了，回到家里他问自己怎么想起了去旅行，才渐渐回忆起此行的目的是去自杀。

跟着他又报了一个 288 元的团，这次是去外省的一个享誉世界的道教圣地，但是他四天后又安全回到家里，他惊恐而绝望，决定走得更远一点，他报了个 588 元东南亚三国游，七天后，他依然安全地回到家中。

何嘉宏冷静下来，望着摆满房间的三次旅游购买的乳胶床垫、真丝床垫、玉器、珠宝、紫砂壶、茶叶、牛肉……陷入沉思。从一上车，导游就开始不停忽悠，标注景点基本连车都不许下，除了坐车睡觉吃饭，都是被关在购物点，不买不走，购物点的大师与老乡老板让人们觉得自己今天中了五百万，你忘记了自己，忘记了那些令你迷惑痛苦的根源，只有灯火明亮的单人 VIP房间，只有那些令世界变得美好的商品。

这难道不是治愈网瘾少年的绝佳旅程吗？

生死都能令人遗忘，区区一个网瘾又何足为道。

这一刻何嘉宏认识上天给予自己这个领悟是有目的的，他竞聘上岗成为一名社区网格员，最擅长的就是帮扶那些网瘾少年。

那些戒断网瘾的少年纷纷表示，在低价团里那炼狱般的日子里，你才知道什么是现实，才知道失去自由的伤痛，能够让一个网瘾少年忘记网络，认识到现实社会的立体与真实。从而在地狱般的过程中，重新树立正确的人生观与世界观。

如果你身边有网瘾少年，你可以默默给他报一个低价团。运用当下社会现成的灰色资源，去拯救那些迷失的灵魂。

观照社区浪子摆渡人

有人说：一步踏空，万劫不复。也有人说：苦海无涯，回头是岸。

都对，看你当时处于什么样的状态。如果在你犯罪之前，你应该想第一句，在你犯罪之后，你应该念第二句。

何丽娜的微信圈每天刷出的微商广告高达十几条，内容涉及极广，但凡法律允许销售的商品，上至九天揽月，下至五海捉鳖，应有尽有，只有你想不到，没有你买不到。

每一条都充满着社会正能量，令人艳羡的矫情，身体力行的视频，客服下单的截屏，所有的矛头都指向一个画面，一个开着玛莎拉蒂，挎着精致限量小包的女人，一身精干职业装，丝袜、恨天高在东旭门前下车的样子。

但是，年近四十的何丽娜只是观照社区的一名网格员，蔚蓝的制服，深色的裤子，一双足力健，一脸浩荡，就像现代版的红色娘子军。

她所做的一切都不是为了一夜暴富，不是为了改善生活，而是为了对劳改释放人员的帮扶。

从七八年前何丽娜来到观照社区工作开始，她就对释放人员产生了强烈的责任感。有一次社区内抓住一个惯犯，长得竟然有点像切格瓦拉，她问他："干吗去偷电瓶车？"

"没有钱啦，肯定要做，不做没有钱用。"

"那你为什么不去打工？"

"打工是不可能打工的，这辈子都不可能打工的，做生意又不会做，就是偷这种东西，才能维持生活这样子。"

"进看守所什么感受？"

"进看守所感觉就像回家一样，我一年不回家，大年三十都不回去，就平时家里面出点事才回去看看这样子。"

"看守所好还是家里好？"

"在看守所里的感觉比在家里好多了！"

"为什么？"

"在家里面一个人很无聊，都没有朋友玩，进了里面去个个都是人才，说话又好听，我超喜欢在里面的感觉。"

这次谈话深深刺痛了何丽娜的内心，她目送这个青年面带微笑地爬上警车，闪烁的警灯，拉响的警笛，而离去的那抹烟尘，是沉重，是责任，是无法言表的压力。

这段对话体现了青年三个方面的重度缺失：第一；缺少家庭关爱，那个所谓的家在他思想中形同虚设。第二；缺乏交流渠道，没有导师、没有朋友，又不读书不读报，无法宣泄。第三；缺乏谋生技能，打工不愿，老板也不会当，犯罪成了唯一的选择。

这何尝不是大多数释放人员的心声。何丽娜陷入苦苦的沉思，什么样的状态可以让他们重新走向生活？

没多久，一个二十几年不见的初中同学突然来找到何丽娜叙旧情，吃吃聊聊之余缠着她去听堂大课。何丽娜社区经验多年，马上明白这多半是那种打着直销或什么共享经济幌子的传销洗脑活动。但实在拗不过就去了。

这二十多个人的大课在圣莲岛一家高雅的茶室召开，那个意气风发的男导师用一口川普讲了自己如何从一个乡村古惑仔变成了直销扛把子。

在他口中的世界，是一个充满着成功的世界。那些灵动美好的辞藻在会场上忘情飞扬——互联网时代、共享经济、绝不是传销、团结、奋斗、不惧怕失败、不死不气馁……

何丽娜越听越兴奋，她扯下了自己的纱巾一把鼻涕一把泪，跟着二十几个参与者鼓掌呐喊，最后，她在导师谢幕词还未讲完时就串到了台上，将纱巾系在导师胸前说："谢谢老师解决了长久以来的困惑，我要加入，我要发展下线，我要让那些人燃起对生活的勇气与力量。"

那个导师被她真诚打动了，给她打了个八点八折，据说是全世界首例折扣。

其实，折不折扣无所谓，何丽娜压根就不相信这么轻松自在就能年入百万甚至千万，真要那样，还搞什么脱贫攻坚，请你们来不就得了？她作为一个社会主义网格员这点基本辨识度还是有的，她需要这种会场气氛，她知道这对于劳改释放人员有着真正的激励与抚慰功效。

这样的大课完美地解决了劳改释放人员那最难逾越的缺失，首先这里的人们看上去都是那么相亲相爱，嘘寒问暖，他们互称家人，无私地给出拥抱，完全可以弥补家庭关爱的缺失。其次这里每个人看上去都乐观积极、奋发向上，他们相互分享，相互激励，大公无私，光芒四射，这无疑就是情感寄托与宣泄的美丽新世界。最后，这里无时无刻不在告诉每个人，只要努力就可以自己当自己的老板，轻松成为马爸爸。

无论一切是不是幻象，但绝对可以平息一颗打算撬电瓶车的心。

何丽娜自费加入了十几个这样的平台，为了深入学习如何煽情、如何打气、如何勾勒伊甸园，她将所帮扶的劳改释放人员免费拉成下线，前提是，在你能够独立当老板、总监、经理等等恢宏职位前，得有一份现实的工作，因为你要成为亿万富翁得先活下去。

观照社区网格员何丽娜就是这样一个将梦想与现实完美嫁接的人，就是那些回头浪子的摆渡人。

油坊社区鸡汤姐

佘丹最早在油坊社区的菜市场贩卖生禽，两排铁笼装满鸡鸭，一把玄铁刀，一口烧着开水的大号锑锅，一只融化沥青的敞口铁锅，只要你选出那只你心仪的倒霉蛋，佘丹手起刀落，放血、清毛，开膛破肚，不用十分钟，一只光光鲜鲜干干净净的鸡鸭就呈现在您面前。

佘丹留着一头短发，身材壮实，女生男象，长得比给她打下手的老公更像男人，但佘丹是个热心肠，凡事街坊邻居哪家有个病人，她都会熬一锅鲜美的鸡汤送去滋补慰问，于是大家都亲切地叫她鸡汤姐。

后来菜市场拆迁，佘丹刚好有些腻味杀鸡杀鸭的生活，就在附近盘下了一个邮亭，卖报纸杂志，兼营香烟饮料，代售彩票、IC卡、充值卡，及公用电话。

说实话，佘丹初一辍学再也没有见过这么多书，从一个喧嚣、杂乱，弥漫血腥、死亡的工作场地，乍然间来到充满油墨芬芳的方寸之间，相当地无所适从。

每天早上开店营业，把当天的报纸以及畅销的杂志刊物码上柜板上就只等找补零钱，基本无事可做。于是百无聊赖的佘丹开始阅读了，那些嘴都淡出鸟的日子一下就鲜活起来，原来这个世界除了菜市场的人生，还有那么多狗血与撕逼、忠诚与背叛、幸福与悲伤。那些文字将佘丹前半生渐渐地从那个肉体里剥离出来，她像一个涅槃的精灵，激情翻飞在《故事会》《知音》《女友》《读者文摘》等等之间，生命不再只是为了活着而活着，而是有了一种伟大的思考。

有人说过，人类一思考，上帝就下岗。

几年后，因为有了阅读的淬炼与武装，佘丹早已不是那个一头油腻短发，终年胸系一条黑色塑料围裙，脚套一双雨靴，一手拿刀，一手抓鸡的女人了，她开始注重仪表，精干的上装，干练的包裙，一条丝袜与高跟鞋，看着就是一个大学传媒系教授。

邮亭不远有一条无名的小街，有些小发廊与按摩院，那里蛰伏着一批失足妇女，她们浓妆艳抹衣着暴露，在店内装着粉红色的日光灯的沙发上，抽着烟，等待用肉体交换着卑微的金钱。

知识使佘丹有了悲天悯人的仁慈，那些女人使她有了一种从未有过的救世主情怀，如果，这种人类流毒是异次元空间的超兽，佘丹就甘愿成为用智慧去击败邪恶的学术超女。因为，她堪透了一条高妙的法则——有学问就是把深奥的道理往浅了说，如果自己没有什么文化，就得把浅薄的道理往深了说。

佘丹开始在买烟、充话费的经营过程中暗暗地接近那些妇女，拉拉家常，问问工作，扯扯生活的愿景与追求，她会找到最合适的时候，用看似平淡的话，去击打她们内心柔弱的一面，好让她们意识到，贩卖肉体是不耻的，是触犯法律的，是在这个社会所不被允许的。

经过佘丹坚持不懈的努力，那条小街上的色情产业遭到了致命打击，甚至有些老鸨在佘丹的教育感化下，主动将按摩店改成了烧烤摊，小发廊改成了包子铺。

后来这事被油坊社区时任书记的老丁知道了，跑到邮亭游说佘丹到社区工作，其实，此时佘丹早有此意，两人一拍即合，佘丹正式地成了一位社区网格员，她特别擅长对失足妇女的帮扶，凡她经手没有一个重蹈覆辙的。

现在，油坊社区的阅读区，有小块墙面用 KT 板雕刻了几个儿童体的绿色汉字——丹姐智慧园。任何人生的疑虑，又实在不好当面询问的，都可以在这里提出，佘丹都会有问必答。摘录三条如下——

问："丹姐，我现在打工的老板很吝啬，上月说好五角一个啤酒盖的提成，他说活动期间不作提成？"答："他人的面容永远是我们表情的镜子，你和颜悦色，他就笑语春风，你横眉冷对，他就怨气重生。"

问："丹姐，现在工作也一直没找到，有姊妹说西藏现在很好赚钱，非叫我去，现在我应该怎么办？"答："一切澎湃于心，让我们真正能够在心里有所酝酿的东西，都值得我们去努力，而努力都会成功。"

问："丹姐，我老公在外面养了女人，还来问我要钱，不给就打我，我该怎么办？"答："在这个世界上，我们都要对生命保持一种谨慎、一种尊重，不断地完善。"

你一定能从这种一问一答中看出佘丹的大仁慈与大智慧，她能成为失足妇女终结者是人类的福缘，宇宙的幸运，正如她所说："一个人的生命如同下棋，要看在多大的格局上展开。"

无冕之王

1

那个黑黑瘦瘦，微微驼背，走路有点甩脚甩手却悄无声息的人就是闵山。在遂宁，本来你是一个不读书不看报不学无术之徒又想冒皮皮说你热爱阅读，最好的方式就是说你经常去席殊书屋，充了金钻会员，还认识老板闵山。这种心理暗示可以成就你文化的加持，屡试不爽。

所以，很多人说闵山是这座城市文化的象征，应该塑一座等身铜像立在高速收费站或者火车站附近，因为翰墨书香，不仅可以感化那些拉客拼车的不良司机还能震慑违法乱纪之徒。最重要的，他代表了遂宁人的斯文元气，象征着文化人的拧巴、笃定与坚持。

当然，这种愿景比较一厢情愿，就算粉丝众筹成功，城建规划能批下场地的可能性也不大。而且，这样的闵山肯定不是一个立体的闵山。试想这些年，实体民营书店的日子惨不忍睹，网购、电子书、碎片阅读习惯等等都是其致命天敌，要想书店不死，闵山除了拧巴、笃定与坚持，肯定还需要一些技巧。这些技巧不是与生俱来的，是闵山在二十年书店经营过程中目睹无数倒下的同行的尸体后天地间灵光的乍现，也是他舔着残酷市场无数锋刃上滴淌鲜血时的大彻大悟。

以至于我脑海里经常出现一个头戴斗笠身披蓑衣的大侠，在巨大的活字印刷板上盘腿而席，一手拿手机一手拿扎杯，嘴上叼着半支大前门，忽闪的烟头是整个画面唯一的红。乐声渐起，杀意渐浓，活字印刷板上的字码开始起伏，八荒四野不断有黑衣人来袭，他们背上标有各种字样——"房租""工资""社保""供应商""现金流""资金链"等等，大侠如李慕白般优雅从容，高飞低掠，只看见大前门猩红的光影划出数道美奂绝伦的弧线，来袭者纷纷如枫叶般飘落。大侠完成了最后一波击杀，乐声消，字码住，起风了，大侠揭下斗笠，续上一支大前门，画面定格在闵山深邃的双眼，有邵氏电影的既视感，然后满屏啪啪啪啪打上四个大字——"席殊书屋"。

在这里我做一个小说明，可能一直是部分遂宁人的乌龙。明弘治年间遂宁蓬溪出了个厉害的人叫席书，作有牛作《大礼集议》，官至武英殿大学士（从一品），当年王阳明龙场悟道贵州讲学，得力于其鼎力赞助，死后王阳明为其作《祭元山席尚书文》，可见之间关系很铁。我很长一段时间都以为"席殊书屋"便是老板以此 IP 命名，可能核名的工商局同志认为不妥，于是将"书"改为"殊"得以审批。后来知道，"席殊书屋"是 1996 年成立于北京的一家书店，硬笔书法家席殊以六万起家，2002 年全国门店突破五百家，2005 年黯然坍塌，与一个叫赵兰健的争吵十几年没有下文。

如果将"席殊书屋"比作东汉末年，闵山就是一个割据一隅的诸侯，奉养着一个被放逐的汉室宗亲，在遂宁步步为营苦心经营，不为复辟，不为吃皮，只为一方百姓安居乐业有书读。

关于闵山是如何成为一个书店老板的一直是遂宁多年的一桩公案。人们对于这个外形不太刚猛且傲立斗城书界多年的男人充满无限遐想——书店是不是很赚钱？书店靠什么赚钱？如果不赚钱他靠什么度日？如果不赚钱他是否用书店参与了洗钱的违法犯罪活动？……到底是什么支撑他在这条筚路蓝缕的路上前行二十载？

虽说公案当事人迄今还活蹦乱跳，一天两包大前门香火不断，但这些明显缺乏深度的问题对于一个有着强大 IP 的书店老板人们总是难以启齿。而很多时候，一个人从事一件事太久，也会忘记了初衷与成因。

接下来，我尝试着解读这桩公案，于己也于熟悉遂宁"席殊书屋"的朋友们一个交代。本文意旨不在歌功颂德，亦不在扒闵山同志黑料，他也没啥黑料。

2

闵山七〇年初生人，他很幸运，足月出生，早产一点，日后混迹江湖便是六〇后，这点在上了一定岁数之后便显得弥足珍贵。闵老爷子出仕市政处工程队，掌管城市园林路灯，所谓掌管便是修理，相传他拥有一辆工程专用非机动三轮车，亲手用三峡油漆加工成红白相间，车上电工工具包一只，斜挂四米竹梯一根，兜转于大街小巷，风雨无阻。闵老母亲执掌商业局旗下食品店，所谓执掌就是做馒头花卷炸油条油果子，相传她的面食手艺已入化境，至今卫星桥市场依然飘荡着当年的余香。闵山排行老三，上面还有两个姐姐，这个家庭完美地避开了七五年左右的计划生育国策，也就是说，五十年前这是一个英雄的家庭，五十年后亦是。

孔子曾经说过，幼年时代的成长经历会影响一个人的一生。让我们一起抽丝剥茧，看看童年的闵山到底都经历了什么。

大多数时候，在姐姐庇荫之下成长的男孩性格比较细腻、文静，不太具有攻击性，不随便与人争吵，我有点怀疑儿童时代的闵山比较擅长跳绳、抓子一类的技术活，虽然也算对抗性游戏，但更多体现的自身修为与技巧，营运书店需要这些特质，这是其一。闵山七岁时去母亲店上，母亲让他头顶一个筲箕，里面放上一二十个饼子去贩卖，一角一个，他便游离食店周遭兜售，场景虽说有些凄凉，却是小朋友热爱劳动的唯美画卷，可以上年画。卖完后老母亲会自掏腰包给他每个饼子一分钱的奖励，这种终端零售在儿童闵山的心理肯定形成了强烈的烙印，这些钱全部被闵山花销于租书摊或者新华书店，这是其二。闵山一定坐过那辆路灯维修专用三轮车，跟随着父亲穿梭过条条坑坑洼洼的城市街道，看着父亲爬上电杆让光亮能照亮黑暗中的路人，多年后，他把书幻化为午夜的街灯，照亮人们人生的旅途，这是其三。

综上所述，闵山人生的起航便一路向着书店老板的人设而去。

小学生闵山成绩优异，一度被世人认定有能力考入遂中，遂中，神般存在斗城多年，入学者父母在亲朋好友面前高人一等，清华北大仿佛近在咫尺。出榜那天二老甚至都将肥鸡与墨鱼都炖在锅里，只等皇榜一出，便开锅庆祝。结果差了三分。悲愤之余，闵山擦干眼泪，入学四中，发誓中考必须圆了自己的遂中梦。可是，三年后他却入学职中，对于这份落差的缘由闵山讳莫如深，无论怎样，这应该算闵山人生的第一次挫折，几年后他报考了电大，不知道是为了获取知识，还是圆自己一个大学梦？

我怀疑这与少年闵山一个嗜好有关——书法，玩物丧志这条古训屡试不爽。他回忆自己从小学便开始迷恋这门艺术，中学几近痴狂。把几乎所有业余时间都花在了上面，最大的娱乐就是去一个废品收购点外的二手书摊看字帖，存一段时间零花钱就买，买不起就盯着字帖往死里看，以此记住字的运笔与间架。我甚至怀疑他如残剑般在猫儿洲的河滩上翻滚着写下"天下"二字。他有没有趁老板不注意撕几页我一直不好问，因为他每当说起那段记忆脸上洋溢着满足的微笑，这个命题明显有辱斯文。多年来闵山都坚持用隶书给自家写春联，我想他或许想追忆一下曾经只有年少才拥有的那些执念，以此祭奠他失去的青春。

高中伊始，可能为了方便，闵山改攻硬笔书法，成为庞中华与席殊的铁粉。此时席殊还是一个实诚的卖字帖的老师，我们有理由相信，闵山数年后选择加盟"席殊书屋"便是缘结于此。风华正茂的闵山游离在笔锋之间，感受着那些行笔、运腕、调峰、捻管所带来的快感，在字里行间抒发青春的骚动与不安。那个叫席殊的男人用钢笔将那些雄性隐喻的荷尔蒙写满闵山在职中的日子。继而闵山又痴迷于金石篆刻，把陈巨来当成雷锋或陈景润一般膜拜，在文艺青年的道路上一路狂奔，最关键的，还顺手泡了一个学姐。

那年遂宁市职业中学刚刚成立，宗旨只为少男少女们日后行走江湖有一技傍身，入学者大都是带着陶冶情操或者混满十八投身社会的心境来对待这份学业的。没有升学压力，又恰逢改革开放，人们从吃饱穿暖后对于精神的追求达到了一个全新高度，文化复苏，个性解放，所以职中在当年有盛产"两口子"一说。闵山用事实印证了这一市井传言，他所泡学姐便是现在的结发邹董。之所以我尊称她为邹董，因为数年后，闵山没有这样一个老婆支持，"席殊书屋"很可能早已不复存在。邹董大闵山半岁高其一个年级，小巧玲珑却蕴含强大的能量，传说当年手下有一批追随者，游离在遂宁各大露天舞厅展示青春的不羁。不敢说这是闵山恋姐情结的铁证，至少是一个不争的事实。

我觉得文艺青年闵山泡妞的过程是艰辛的，闷骚型男人获取少女芳心需要持之以恒，也需要掷地有声。他可能手抄《西厢记》作为示爱之物，也可能用一大坨寿山石篆刻了"执子之手与子偕老"一类的铭文，一边炫技一边立誓。当然，还用了大量的买菜煮饭洗衣服等绝杀明志，总之，邹董在闵山凌厉高能的爱情攻势下放弃了抵抗，在毕业两年后，终于修成了正果。

职高毕业闵山的第一份工作亦是市政处电工。八十年代末期第一批所谓的合同制工人，打破铁饭碗的饭碗也是饭碗，书法金石不能有效转换成生产力，活着需要油盐柴米，这是懵懂青年对于现实的妥协。他在泡妞之余，还考取了一个国家一级电工证，这是闵山对于一个行业的敬畏，当一天和尚，不能只想着撞一天钟，还得把这钟撞得绕梁三日一片宫商。

闵山真正接触终端销售源于邹董的成衣店，九十年代电影院为中心毗邻的桂香街、北辰街、政府街冒出了一大堆花花绿绿的服装店昭示着改革开放的春风沐浴了五线小城的情操与审美，人们抛弃了国营百货公司与南门新市场，那是物质与精神的双重裂变。邹董时任环卫处一名无聊干事，果敢的她决然盘下了一间门店，开始穿梭于成都荷花池、九龙与遂宁之间的商业征战。闵山则扮演着押运、棒棒与换班守店的三重身份，用肉身筑垒自己的爱情宣言。

如果时光回到九十年代末，你能在电影院附近的一处成衣店看见一个黑瘦的青年坐在一根塑料凳子上，抱着一本书埋头苦读，对于周遭一切荣辱不惊，乳沟与肚脐，金钱与价值，管他春光无限好，钱很好找，都激发不起潜伏在他灵魂深处的渴望。你甚至以为那是一尊希腊的雕塑，用亘古不变的姿态挑衅这个被他睥睨的世界。

他心中关于书店的梦想就在调价还价与花枝乱颤中渐渐清晰，装点皮囊还是铸造灵魂成为闵山心中伟大的命题。当看见自己偶像席殊的书屋在全国开设了四家直营店，闵山内心的灼热可以涮完一顿十二人的自助火锅——开一家书店成了他梦绕魂牵的夙愿。

3

1999 年在我的记忆中发生三件大事，第一欧盟十一国发行了单一货币欧元，第二澳门回归，第三闵山在百福广场三楼开办了"席殊书屋"。

书店不大，一百多平，从右边进门，侧面收银台，中间是几排一米多高的书架，临橱窗一隅摆了几张椅子。简单，整洁，时尚，与斜对面一个台湾人开的"老树咖啡"相得益彰，在周遭恶俗的卡拉 OK 厅帮衬下，更像一股清流，润泽了这座城市那些渴望精神开化的枯槁肉身。

那个不满三十的小青年低头蜷缩在前台后，偶尔用散淡的余光瞄一眼顾客，然后任其自生自灭。突出表现了一个做文化产业的清高与慵懒，这样的营销之道才符合中国文人的审美与情趣，貌似出世，却做着入世的狗血事。

我很长一段时间认为闵山买书其实是在装样子，后来渐渐发现，古今中外但凡一个人坚持多年装样子，他便不再是装样子，是真的厉害。

这大概就是闵山初出江湖的第一个亮相。没有雷电交加，也没有残阳如血古道西风，估计他自己也没料到，自己从此开启的这条卖书之路，一走便是二十年。

多年后，我知道了那一场决定闵山人生脉络的决策由来，邹董由于升职中层，时间精力都不够，便将成衣店盘了出去。闵山觉得属于自己的荣耀时刻终于来到，他在一个月黑风高的夜晚对邹董说："爱人，你不是一直没有去过北京吗？我想陪你去看看。"邹董注视着他在黑暗中闪闪发亮的眸子，顷刻间被爱吞噬，想起面前的这个男人，使自己能在祖国迎来五十华诞之际一睹首都的风华，流下了激动的泪水。

于是，他们前往北京，逛了天安门、游了八达岭、观了故宫还吃了全聚德，最后闵山带着邹董来到紫竹园，也就是当年席殊书店位于北京的总部，他说："爱人，据说现在图书行业非常火爆，我们去考察一下如何？"邹董沉浸爱的裹挟之中，看着男人雄鹰一般犀利的眼睛，当了一回小鸟依人。

那天席殊不在，一个老道的东北籍经理接待了他们，就图书市场的远大前景展开深入细致的分析，有政治、有数据、有规律，大概意思就是图书业是这个世界上仅次于军火与石油最吃皮的行业。闵山掩饰着内心的澎湃冷静听完，说第二天上午再来，他带着邹董直奔魏公庄的一家席殊书屋门店佐证经理的布道，毕竟眼见为实耳听为虚是每个老板起码的考察天性。

时至下午四点，两千平装饰前卫新潮很有特点的书店在北方艳阳下显得静谧而清淡，零零碎碎的顾客看上去非常珍贵。闵山与邹董买了杯水坐在书店的阅读区，神情很像两个与组织失散多年的潜伏者，等待上级的唤醒时的睿智与警觉。大概五点多开始，书店的人潮渐渐蓄积，七八点到达峰值，关键的不是有多少守在书店蹭书看的，是每一个离开书店的都提溜着装一叠书籍的塑料袋。闵山第一次被一种行业的火爆所折服，走出书店，闵山紧握住邹董的手回望收银台长长的列队道："爱人，这行业，不做对不起遂宁，不做对不起我爱你。"

邹董扣紧男人的手,她感受到春晚包袱甩出来后的快乐与幸福,闵山第一次成功地运用了心理暗示与道德绑架,把"开书店"与"我爱你"混杂包装,如同金伯利的营销精英将钻石与爱情捆绑一样。邹董说:"听你的,开!"

前面我提到过,当时席殊全国共计四家直营店,还未有一家加盟店,很难相信,就这样闵山成了"席殊书屋"全国第一家加盟店。我甚至怀疑,席殊最终能开到 680 家门店是闵山给他打了一针强心剂,"席殊书屋"就此开启了华丽丽的篇章,时到今日,我不知道席殊大哥还能不能想起四川遂宁这个城市是他金融帝国过山车的始发站。

但是,有一点是肯定的,闵山用什么东西打动了席殊,因为,他免费拿到了书店的加盟授权书。我有理由相信,那个东北经理一定绘声绘色向席殊描述了这个来自四川的年轻人对于书店的崇尚与挚爱,那双小而有神的眼中闪烁的不仅是当代人对于知识的渴望,还有直营与加盟两种模式的巨大差异以及裂变后的财富与荣光。于是,在闵山交了八万书款后,席殊书屋正式地在遂宁荣耀登场。

4

我们可以想象,二十九岁的闵山坐在自己一手筹办的书店里内心如何的沾沾自喜,职高毕业有一份稳定的工作,讨了一个心仪的老婆,两年前喜得一子,现在,还有了一份梦寐以求的副业。"春风得意马蹄疾,一日看尽长安花"。大概就是形容此时闵山的。未来在他眼中充满骄傲与油珠珠，这里，不仅是自己完美变身书店老板带来的荣耀与满足，还有对于物质的追求与渴望，毕竟，书款加店面的十二万启动资金里面还有一屁股从父母与二位姐姐那里拖出来的债务。

有人说，如果你恨一个人，你就劝他去开书店。这句话虽然有点危言耸听，却也说明这个看上去很美的行业背后一地鸡毛，堪比如今的地方房地产开发商与小额融资公司。闵山要从一个一级电工转型书店老板，无论储备了多少智慧与灵光，都需要经受血与火的洗礼。到底流了多少血，被 BBQ 了多少面可能只有他自己清楚。告诉大家一个悲催的事实，初时的四年，"席殊书屋"都处于亏损状态，每年两口子的年终奖全数补漏，期间，闵山还接了两处水电安装工程，几万利润依然被书店消耗殆尽。但凡做过生意的都知道，一个企业连续亏损四年不单单是金钱上的折磨，更有精神上的摧毁，就像你泡个妞四年都不跟你谈婚论嫁也不跟你洞房花烛，还一个劲地买手机买包包一样，你可能哪辈子都换汤头了。

现在看来，闵山那几年头是偏大的，也是剧痛的。许多个午夜梦回，他可能会在阳台上点起一只"黄果树"，凝望飘散在夜空的氤氲，计算着梦想与现实之间的差距，思考一级电工与书店老板如何英魂互换。对于这些艰难的日子，闵山无暇思考为人民服务一类伟大的命题，他的思维方式其实很简单，那就是不断告诉自己——明年就能扭亏为盈了。

这应该是闵山职业生涯最为艰难的一道坎，他工作之余一头扎进书店，研究市场的喜恶，分析顾客的内心，探求码洋与实洋之间的节点，尝试纷繁复杂的供应链，等等的等等，渐渐地，他明白商业零售不是火线零线接地线，貌似简单的买与卖包含着无数的技巧与奥义，五彩斑斓的书不再单单代表着理性或者知识，它们如同一个个流浪飘零的精灵，需要一个老道的民政干部替其寻觅到应有的归属。

这里，我唯一不解的是，像闵山这种不善花言巧语的男人用什么花言巧语安抚好邹董的，说好的花园洋房啦？说好的环游世界啦？说好的海洋之星啦？年终奖都拿去精卫填海了还死皮赖脸撑个屁啊？以邹董的刚烈与火爆，我觉得闵山是无力应对这种场景与语境的，所以，我肯定就算发生过以上责难，邹董也是嘴硬心软貌离神合的，因为她在闵山眼中看到了信念与满足，人活着，总得有些值得自己去坚守与信奉，那份率真与执着多半会使她回忆起当年这个男人追求自己的美好岁月。

5

2004年对于闵山来说是收获的一年，因为这年书店终于盈利了。闵山没有杀鸡还神，也没有灵泉广德烧香还愿，他将报表捧在手上，给自己点了三支烟，留下一行喜极而泣的泪水。然后将一张银行卡塞给了邹董，他哽咽着说："爱人，这个春节你可以放手去打麻将了。还有，我想辞职，我想专心致志心无旁骛地卖书。"邹董握着带着闵山一丝体温的银行卡，觉得他的相貌刹那间英俊起来，她说："你想好了就辞吧。"

从业余到职业是绝大多数人无法跨越的瓶颈，不仅是个人念力更需要个体实力。而公职人员辞职下海数年来亦绝非常态，不是每个人都愿意拿着未知的未来去当弄潮儿的。闵山的毅然决然可以看出他应该是吃了秤砣铁了心的，五个春秋使他熟悉了这个战场的种种法则，他知道如何管理以女性为主的雇员、懂得维护会员，深谙各个出版社的书籍特色，明白零售与团购的商务策略，他笃信自己可以以此为职业，他能够将书店开下去，也能够通过书店为自己创造出应有的财富。从而达到他最喜欢冯唐的那句话——"实现自己理想，顺便挣点钱。"

转职成功的闵山开足马力一路向前，将这个自主选择的角色扮演到了今天。一晃，二十年已经过去，小伙子闵山已近知天命，赶公交车虽还无人让座，但出去喝酒会有人介绍儿媳妇了。书店从百福广场换到武装部，从武装部换到育才路，从育才路中段换到十字路二楼，再从二楼换到船山老体育馆，别说开店，听着都累。

大家知道书店在这些年经历了些什么样的冲击与变革。闵山到底经历了多少苦痛挣扎可能只有他自己知道，他的对手不仅仅是网购与国营书店，还有来自其他的民营书店，在有限的市场里抱团取暖又各怀鬼胎。闵山应该习惯了这种种争斗，他觉得斡旋期间，有一份值得自己坚守的信念。

我认可他的想法，席殊书屋承载遂宁几代人愉悦的记忆，我多次与闵山出席一些酒局时，看见那些素未谋面的人们一听闵山来头便肃然起敬，闵山在恭敬的推杯换盏中一定得到了巨大的欣慰与成就感。后来，我渐渐地想明白了闵山为什么能将书店坚守到现在，因为总有些像金子一样闪亮的东西能够在书店里找到——比如，中医院一个张姓老医生，每年都会给闵山送来一盒茶叶，以此感激他多年来坚守着书店；比如，一次去给几个乡镇小学爱心送书，第一站河沙小学，看见微微细雨中翘首以盼的孩子，一激动将二百本全部馈赠；比如，书店外一个卖彩票的大叔，儿子经常在店里蹭书，大叔每隔一段时间就将自己攒下的零钱兑换给书店找补；比如，一次商务区筹办书展，广告公司行架绊倒一个老人，家属气势汹汹赶到，一听说席殊书屋，家属里两个十几岁的孩子居然叫起了"闵叔叔"……

这些朴实无华的瞬间支撑着闵山一路走来，总让我想起《欢乐英雄》中的王动，他动得比死人多不了多少，却在片刻间翻了三百八十二个筋斗，为了逗一个失去亲人的小孩一笑。我觉得闵山身上就有这种侠客气。正是这种特质使得这个貌似单薄的男人在这一条拥有巨大光环却又如履薄冰的人生旅途中令人着迷令人尊重。

6

拉拉杂杂讲了这些，文章基本算是杀青。我松了口气，灌了一斗烟，烟斗是前几天编的闵山的，说是越南花梨木，雕的一只看不出出处的祥兽，包浆不错，但锅太小，更像一个把玩件。我对闵山说："山爷，这玩意儿挺有眼缘，借来玩几天。"山爷摇摇头，埋头整理他的阅读协会的公众号，我说："山爷，如果我告诉你为什么开书店是命中注定的，你就送我吧。"闵山望着我一脸不屑地点点头，我说："山爷，你姓'闵'，一个'门'一个

'文'，你不开书店难道去开文身店?"闵山嘿嘿一笑，将烟斗推到我面前，说："算了，还是开书店吧。"我握着被闵山油脂汗渍盘的油亮油亮的烟斗问："打算开到什么时候呢?"

闵山想了想，他熟练地点起一根大前门，如加速的老式蒸汽火车头上的烟囱，吐出一股浓烟道："生命不歇火，书店不撤飘。"

那些年　那些地　那些人（之一）

——天上宫的江湖

那是九十年代初期某个仲夏的午后，火辣的太阳高悬天上宫四合院之央，与坝子中心一个直径五米的圆形水池的人造假山形成了九十度直角，水池里几尾在假山预制台板下探头探脑的红鲤鱼，一只被好事者放生的乌龟则在石孔处假寐，完全不在乎有多少茶客对自己萌生过清炖的邪恶念头。右边厢房的吊脚楼道上与坝子四角的榕树下已经有了零星茶客，他们祖胸露乳在这栋咸丰年间修建的福建会馆里虚度着时光，他们的不雅造型全不受公德的批判，因为当年的茶馆绝对是男人的世界。除了工作人员，唯一经常出入的只有一个漂亮的幻想型单恋的女患者。左边吊脚楼下的六张台球桌还没有客人，镇守它们的那个叫白娃的少年趴在台球桌边鼾声悠扬，流出的梦口水打湿了他白皙且长满长毛的手臂。那个叫谢文斗的干瘦老男人在公厕外给三个蜂窝煤灶加炭，作为拥有这两千多平方茶园使用权的老板，他显得全无身价，2800元一年的租赁费与三个员工每月几大十的工资是他每日需要通过 0.2 元的素茶、0.5 元的花茶、0.3 元一局的美式台球、0.5 元一局的斯洛克来解决的现实问题，是人生需要完成重要的指标之一。

保卫科长老谢在正殿右边的保卫科门口纳凉，嘴角叼着半根翡翠烟哼唱着："想当初高卧隆中多清净，无忧无虑在南阳躬耕……"可能在享受这份惬意或者追忆自己曾经的荣光。老谢到博物馆之前是遂宁县文宣团的团长，人高马大，声如洪钟，老生花旦都能上，花旦有武力值，老生则可以说教，很适合搞保卫工作。

就在这时，老谢看见张老五跨过了天上宫大门四十厘米高的木质门槛，他环视了一眼这个他熟悉得不能再熟悉的空间，宽大的方脸上有一丝微醺的红，大概中午小酌了几杯，但得益于黝黯肤色显得不那么明显。张老五身高一米七五，体重接近 100 公斤，穿着一件背心，肩上搭着短袖白衬衫，上身蓄积的肌肉与脂肪，以一种无坚不摧的张扬，让这个世界变得很讲道理。他少年成名，正史记载，张老五用自己的肉身以散打的方式为遂宁市在省上取得了殊荣。曾经在南津桥附近以一己之力干趴下一群试图喊他借点钱用的社会青年，他用头、掌、拳、膝、肘、肩、腿、胯、臂等部位结合打、踢、拿、跌、摔等技法，在那个残阳如血的黄昏，成就了属于自己的战神传奇。从此"张老五操练家子!"成为他行走江湖的人设，代表着强大与秩序。而偏偏张五哥不是一个局限于坐拥强壮体魄的人，传言他参与了多种项目经营，其中最为实在与炫亮的便是有一家叫廊桥的夜总会。那个幽暗香艳的所在是男人们彰显实力的场所，有轻柔的音乐、浓郁的香水、失足的妇女，一盘"秦瓜子"售价是 20 元，而那些为所未闻的洋酒与红酒在吧台后霓虹灯缠绕下语焉不详，它们的售卖方式奇葩到"30 元一撇"，所谓"一撇"，就是把高脚红酒杯成 90 度平放于桌面，然后往里倒酒，不溢出为准。所以，抽的是红塔山、打的是都彭、穿的是金利来、拉开了肉体与财富距离的张五哥声音一般比较大，他拖过一张倒霉的靠背竹椅一屁股坐下，对着一个茶馆大妈说："泡杯碧螺春，水整开点，温嘟温嘟泡球不开。"老谢听着张老五屁股下竹椅吱吱呀呀的惨叫后悠闲地啜了一口茶，他不知道张老五非要把碧螺春三个字吼那么大声算不算故意炫富，因为"碧螺春"属于茶馆特供商品，售价达到 2 元，非常人可以消费。但老谢觉得，比起那些把"阿斯玛"最后一支装在衬衣口袋处都生霉的操哥们，张老五起码有装样子的基础。

不过张老五最近脾气有点不好，昨天同白娃打台球，也就挂个台费，为了个犯规动作把台球杆都摔断了，骂得那小子瑟缩一角屁都不敢放。老谢知道，原因是连续数日他与老黑的围棋挂局中都输多赢少，理论上他两势均力敌，不知道最近老黑是否得了哪位大师指点，还是自我开悟，十元一局每日张老五都奉上三五十。这已无关输赢，而是荣辱，人很多时候都是这样，如果乍然遇见一个牛人，内心更多是敬佩与逢迎。而如果两个原本在同一阶层的，突然有一天被对方超越，就会严重不适。

老谢每次都饶有兴致地咀嚼着出现在天上宫这些形形色色的茶客的心思，使得枯燥的保卫工作变得圆通而快乐。

但一年前的日子不是这样的。那是 1989 年，市博物馆从广德寺迁址到天上街天上宫，起初的日子门可罗雀，十几个馆员每天凝视硕大的院落以及并不充沛的藏品，内心多少有些百无聊赖。偶尔人院的参观者大都在面西背东的陈列大厅前驻足，带着少许的好奇与不信任往里探望，最终被壹元的门票所震慑而转身逃离。半年后，在办公室小何的建议下将除展厅与办公室之外的场地打包租赁给了谢文斗，没有人知道小何是为了搞活经济或者只是为了枯燥的工作中能多看几眼活人，这个决定，使得九十年代的天上宫成为一代人的记忆。这里云集了这座小城的三教九流商贾贵胄，无论你是多大的操哥，多有钱的包工头，多有权势的政界要员，我就算在南津桥拉板板车，此时，我们理论上都是平等的。这种乌托邦一样的场所大概是二十世纪遂宁最后的圣殿。

现在老谢的注意力被七八个围坐西角的操哥所吸引，一群人前后入座，其中有三四个亦是茶馆常客，勇八哥、丁麻子、沙皮都是遂宁叫的出名号的哥佬倌些，其余几个小弟散坐于茶桌稍外的位置，这种阵势是当年黑道最常见的谈判形式——两个对立面，一个中间人，各自带几个兄弟扎场，谈得好握手言欢，谈不好择日约杀。类似春秋初期贵族之战，诚信而呆萌，对于奇袭与阴谋不以为然。当然，也不能排除遭遇战或者激情冲突。

老谢叼起一支烟站了起来，将背心往军用皮带里一捅，箍在了二尺八熊腰的肚脐上方，双手掸了掸军绿的短袖制服洒脱地套在了身上，巡视是他日常工作之一，他觉得自己此时有必要到这群人面前去晃荡一圈，以示警醒。他将腰间的电棍整了整，那是正义与秩序的象征，就像一道符咒或者信徒胸前的十字架，虽然它在真正的老妖与魔鬼前一无是处，但多少能够得到一点起码的尊重。所以老谢在茶园所有发生的冲突前总是相当克制与冷静，从来都是好言相劝。

老谢从容而悠闲的踱了过去，绕过他们径直来到两米外张老五的桌旁佯装观摩。今日张老五旗开得胜，虽然险胜老黑三目，但依然喜形于色。第二盘且开局得利，见老谢过来拿起翻盖红塔山就发，老谢指着嘴上叼着的烟以示推辞，张老五执意递过，笑嘻嘻说："谢团长，把起，把起，老黑买的……"

老谢也不再推辞伸手接过，就在这瞬，他听见哐当一声，晃见张老五头一歪，一手捂住后脑，鲜红的血从他粗大的指尖冒了出来，地上是一只摔碎的茶碗，张老五大概愣了一两秒，猛地站起转身，朝茶碗飞砸过来的方向嗓门提高了八度道："你……"但见那群操哥都拉开阵势，勇八哥隔在两拨人中大声喝止道："都别动手，都别动手……"一群人压根就不知道刚才摔出的茶碗已经给威震斗城的张老五开了瓢。谁都不知道张老五活生生吞下后面的三字真言到底是什么，可能也包括他自己。老谢看他提起掸在靠背上的衬衣，一脚踹翻竹椅，像自言自语也像是给老谢与老黑道别："妈哟，我去包扎一下。"说完大步走出天上宫。

多年后，老谢都记得这神奇的一幕，整个过程都在极短时间完美谢幕。没有孤胆英雄，没有独战群雄，竞技场上的搏击之王，在可能潜伏的砍刀、中龙（当时流行的一种藏刀）、镗子刀、火药枪之下，最明智的选择就是当好汉，不吃眼前亏的好汉。老谢突然觉得，一个懂得忍让与趋利避害的人，才能算真正的强大。

不多时，操哥们相继离去，除了地上几滴微不足道的点状血迹，好像什么都没发生过。

天上宫从午后的静谧中渐渐苏醒。遂宁川剧玩友协会的几个票友已经在东面阴凉处摆好阵势，调试着堂鼓、大锣、大钹、快板、二胡……两个老男人咿咿呀呀吊着烟熏的嗓子，尽显世态的炎凉。他们痴迷的剧目与曲牌讲述的那些忠诚、厮杀、权谋、大义都在方寸之地显露着人性的奥义，隐约契合着这座老建筑的神采。随之而来的台球的撞击声、象棋自带杀气的落盘声、扑克哗啦啦的搓洗与围棋落子的微响、盖碗刮擦后入喉的轻叹，不时的诅咒声中高频出现的"日"与"锤子"，人与人，物与物，人与物、物与人，在天上宫的时空中自由起落翻飞，同那个时代一样——全新、未知与自由。

那些年　那些地　那些人（之二）

——游戏厅的谈判

1995 年 12 月的某一天，李小军走出人民电影院负一楼的电子游戏室已经是下午五点，迎面撞见老金，这个干瘦黑黄的中年人一脸和蔼地问："走了呀？"说着递了支"软茶花"过来，李小军咬在牙间凑到老金双手捧过的火机上点燃深吸了一口说："我追 11 号机子两天了，别说同花顺，四同，佛爷都没出几手，还一拍一个死，一哈几百元都遭洗白，躲到调了机子哇？"

"怎么可能，昨晚你走了，罗汉守到拍到中午，你不信问罗汉，要出得很了。"老金是电影院一带最早涉足电子游戏行业的元老之一，从纯粹的游戏机做起，当下租赁了电影院右边地下室，主营翻牌机，配了点麻将机。翻牌机又称老虎机，因周润发主演的《赌神》系列"梭哈"风靡中华神州，最令赌客们为之疯狂的是出现高额奖金后的翻倍押注，"7"为和，前后为"小"与"大"，所以，场子里不断有人歇斯底里的拍打大小按钮，惊喜与咒骂此起彼伏，当然，主要是咒骂。

中午两点多李小军揣着八百元现金进入电玩城，现在身上还剩下 6 块 4 毛，那是他买烟剩下的，3 元 6 角一包的"良友"还剩小半包。他看了下传呼，四点十五分。离与周浩约定见面时间还有一个多小时。

冬日灰白的太阳投映在人民电影院五六米高的水磨石台阶上，一个电影院员工正在用竹制扫帚清扫，那个臃肿的中年妇女孔武有力，扬起一股一股薄薄的烟尘。李小军快步冲到了对面的一家电子游艺厅门口，他觉得这种清洁工作其实是毫无意义的，因为在他的认知中，电影院应该是一种没落的产业，电视的普及与录像厅镭射厅的充斥使得原本一票难求的行业凋敝如此。那些血统纯正的影片在硕大而空旷的剧场里总是寂寞播放，大厅入口的检票员心不在焉地坐在一张老旧的木桌后，大都以眼角余光潦草掠过票根，"票房"是多年后才出现的经济概念，此时，门票高低影响不了他们的收入，电影院有的是闹市区一圈的系列物业，租金已经能让大家实现每周的炖猪脚自由，又何须庸人自扰。

相较于电影院本身的索寞，周遭那是一派喧嚣与繁荣，政府街横断南面天上街与北面北辰街、三条街以 T 字形交汇于此，聚集了服装店、小吃店、镭射厅、台球室，当然还有电子游戏室。

李小军记得第一次看见电子游戏还是小学四年级那年的儿童节。高升街小学有搞游园活动的传统，当时一台黑白电视连接的一台手柄游戏机，极端简陋的画面上有一个类似飞机模样的玩意儿发出大概能称之为子弹的黑点，不断扫清从上掉落的障碍物。那神奇的一幕令他瞠目结舌，甚至连同学艾丽叫他去帮忙猜谜都置若罔闻。

　　差不多两年后，手柄式电子游戏席卷遂宁大街小巷。它们堂而皇之地出现在临街的居民平房门前或者室内，一台彩色电视机，一台卡带式游戏机，起打两角，每过一局五分。李小军记忆中当年整个城市都弥漫着"魂斗罗"激烈的战斗音乐声、换枪时不同的特效声（"搅搅枪""扫把枪""苹果枪""激光枪"）、游戏人物的死亡与游戏终结的配乐声，那个跳跃翻滚赤裸上身穿着蓝色裤子的男人在枪林弹雨中勇往直前，成为那个时代少年儿童心中最豪横的英雄。之后便是台式电子游戏的风靡，且逐渐形成了规模化的行业。以电影院为中心周边爆开了数家，节假日基本人满为患，《街霸》《雷龙》《雷电》《三国志》《恐龙快打》《双截龙》《名将》《圆桌骑士》等等，每当出现某个高手，一台游戏机四周围着六七个人观摩，像是看一场免费大戏。当然，所谓高手可能是一个币玩到剧终的，也可能是不差钱一直往里投币用财富怼到翻面的。

　　赌博机同时应运而生，最早出现的是一种叫"苹果机"的电子游戏机，28格小方块围成一个正方形，方块里依次各种图标与赔率，50倍的"BAR"，20的"双七""双瓜""双星"，10倍的"橘子""橄榄"，5倍的"苹果"与2倍的小图标（每种图标都附带一个小图标），在那些疯狂的日子，一台高约1.2米宽厚约0.7米的苹果机可能聚集了十几二十人争相参与，有时你甚至都没有投币的机会。你押10个"橘子""双星"，我押20个"橄榄""双七"，他押10个"双瓜""苹果"，一双双红了的眼睛盯着选择的指示灯，在一串"当当当"的炫目闪烁后，被套光了兜里最后的票儿。之后市面上又相继出现了麻将机与翻牌机。二者较之，麻将机显得儒雅温婉，因为你再怎么赌十三张牌你总得一张一张打，节奏缓慢，就算突然出现的"大三元"换牌也显得缺乏延续性。而翻牌机成为九十年代赌徒梦魇重要原因多半是那种令人血脉偾张的速度与激情，押上十元，一拍，叭叭叭，基础五张便呈现眼前，有一次选择换牌机会，再拍，叭叭叭，牌面成型，赌客们等待就是大牌的出现，此时分值价值已经数倍于投注，但你还可放手一赌——以猜暗牌大小的方式将分值作翻倍之博。在瞬息间的成败中，体会着一场关于虚妄的生死。

李小军沉溺翻牌机已经是参加工作之后的事情了，这两年前差不多输掉了三四万，发了好几次毒誓不再踏入翻牌室半步，但都重蹈覆辙。就像他发了好几次誓不能再去想艾丽一样，只要这个女孩需要自己，他大脑就不会经过思考的同意，包括今天与周浩的约见。

他两家是世交，从小学到初中都是同班同学，大概初一时，李小军懵懵懂懂觉得自己可能喜欢上了艾丽，因为他在得知临班一个男生给艾丽写小纸条后怒火中烧，并利用一次课间操集合时与该男生在通道遭遇，以碰瓷的形式，将对方的脑袋用黑板刷敲了几个青包。初二他基本确定了这种奇怪的感觉就是传说的暗恋，他越来越惊奇地发现，这个小时憨憨墩墩一惹就哭的女孩现在竟然如此好看。但作为该级还算有些声望的操哥，李小军并不认可自己内心感受，他觉得作为一个从小到大情同手足的哥哥，不应该有这种古怪的念头。所以他选择了沉默，但对于那些偶然冒出的觊觎艾丽的男生们，统统诉诸暴力，以檄文的方式告诫：

"我妹，少来打主意。"那刻他总感觉自己就是"采蘑菇"里那个干掉火龙营救出公主的超级玛里奥。

初中结业后李小军被父亲安排去了石油子弟校，两年后参加工作，编制到井场工作。艾丽升入高中，但高考失利，就读了川北教育学院。李小军怀疑艾丽的失利很可能与周浩有关。因为，脱离了自己视线的艾丽在高二便与这个叫周浩的同班男生各自暗生情愫，高三确定了恋爱关系。今年年初艾丽生日时李小军第一次见到了周浩，他拼命地将对方灌到现场直播换来的却是艾丽对这家伙无微不至的照顾，看着他们坐上人力三轮离去的背影，李小军心里空落落的，他突然觉得自己是个懦弱的人，他敢用酒瓶敲破一个男人的脑袋却不敢向倾慕的女人说喜欢她。他敢在翻牌机上一把拍掉千元，却不敢用三五十元买一束玫瑰送到艾丽面前博一博那哪怕希望极度渺茫的爱情。

就在昨天，艾丽找到李小军言简意赅地告诉了他周浩失联了，大概两三个月前，周浩便有些异常，传呼不回，打到家里单位的电话也不接，这几天她也听到一些关于周浩另有新欢的传言。她哭着说想得到一个答复，但她找不到这个王八蛋。

李小军觉得有什么在心中炸裂了，他笑着对艾丽说："我去找他，放心妹儿，我去帮你问问。"他打传呼联系上了周浩，要约他出来说说艾丽的事。起初对方是抵触的，李小军说："你躲不了，不出来我就来你单位找你，到时有啥我也管不了。"周浩只得同意，约定今天六点在电影院对面的电子游戏室见面。

中午李小军在家里吃过饭，揣着才发的几百元工资与一把侧跳刀出的门，他其实也不太确定自己打算用这把刀来干什么，面对周浩，理论上全无械斗的风险，他也不太可能持刀威胁对方悬崖勒马与艾丽和好如初。他虽然痛恨这个带给艾丽伤害的家伙却还有一种隐晦的庆幸，他甚至想到，如果艾丽真的结束了这段感情，他该在什么时间、地点、方式来讲出这个多年来只有自己知道的秘密。

李小军花1元钱在拐角处这家电子游戏室买了四个游戏币，多年来他已经掌握了大多游戏的技能，四个游戏币支撑到六点是绰绰有余。游戏室内有几个大概逃学出来的少年正在忘情鏖战，李小军起初打了两盘"街霸"又打了局"恐龙快打"，还剩一个币选择了游戏室靠里的一台叫"雷电"的射击类游戏，投币，启动，过了三关后，一个少年加入了双打模式，游戏程序随着双打提高了难度，李小军大概有些心不在焉，接连犯错，爆掉了最后一架战机，他有些恼火，走到门口又买了四个游戏币打算接着玩，但这时，少年的一个同伴快步挤过李小军身边，冲到机子前，抢握住操作杆，弯腰投币，李小军被少年的同伴冲挤一个趔趄，他一把抓住少年后领，用力一拽，少年一个后坐摔在地上……

事后据游戏厅老板的陈述，李小军与三个少年的缠斗就在室内逼仄空间中进行，整个过程只持续了不到两分钟。应该算李小军完胜，他夺下少年手里的那把侧跳刀后踢了对方一脚后扬了扬刀说："赶快滚！"那时两个少年已经退到了门口，最终三个人一起跑了。李小军点了支烟，往机子里投了币，继续玩电子游戏，大概几十秒后，他一手捂住左侧大腿根部对老板说："老板，帮我打下120，被刚那几个少年捅了。"说完便支撑靠着墙瘫软坐下。

　　1995 年那个还算晴朗的冬日黄昏，李小军感到一种从未有过的乏力，他完全记不起自己的刀怎么被那小子拿到，又怎么刺在了自己腿上，虽然不是第一次挨捅，但他觉得今天哪里有什么不对，因为血流得太凶了，他不知道那是股动脉，整条左腿似乎感受到牛仔裤那种湿淋淋的温热，身体却越来越寒冷，血泊在屁股下汇集。

　　他想，过几天上哪去找那几个小混混？这时，他从电子游戏门前围观的人群中看见了往里探头探脑的周浩，他想，今天大概同这小子聊不成了，还这么一副狼狈相，真丢人现眼。他又想，晚点得跟艾丽说一声，实在不行也叫老妈给她打个电话，就说过几天一定帮她办好。

　　当一阵巨大的困意席卷而来，李小军只好闭上了眼睛，在最后的意识中，他好像看见那年儿童节在高升街小学的操场上，一个小男孩出神地看着一台电子游戏，他身后一个女孩拉着他的衣角，六月的天空湛蓝蓝的，阳光下，他俩的影子重叠在了一起。

社会学之窗

这个世界，能将当下社会那些灰色焦点自由浓缩于方寸之间的，只有一个地方，那就是公厕墙板。

上面，每一则汉字与电话 QQ 微信，都在晦暗的光线里闪烁着智慧的灵光，言简意赅，发人深省。以无法为有法，以无限为有限，简单、直接，没有一丝一毫多余的口水。一只大号马克笔或单色印刷品，幻化出大千世界内核极致，承载着当下的规范与法则、供需与偏离。

只要您能解读上面的文字，悟出它们背后的成因，便能洞晓天机，格物致知，成为人生的赢家。

如果可以，记得佩戴羽扇纶巾，纶巾不是系头上，是捂住口鼻，羽扇不是装酷，是来改善空气质量。

办　证

"办证"是本秘籍里的开山鼻祖，相传在云海深处，住着一位守护智慧的神，有一天他为了人世间脱盲的伟业，累得趴于案头，为他交电费的鼠精从他的笔记本上下载了通往凡间的指纹密码，变成人形，堕入红尘。他深谙人们对于知识渴望，利用人性的弱点，干起了办证的勾当。

今天，因为互联网的搜索查证功能，办理学校毕业证大部分已经退出了历史舞台，但某些从业资格证还有一定市场。

鼠精在逃亡的路上多次联系天庭，狡辩自己的作为所为其实从另一个角度帮助智慧之神扫盲，因为自己对于办证营销宣传，使得整个社会对于知识的态度发生了惊天逆转，许多文盲或低学历者从滚滚办证大军中明白了，知识改变命运的伟大道理。

鼠精在被押解回天庭的路上，流下了悔恨的泪水，它留给这个世界的最后一句话是："连假证都办不了了，你还有什么理由不好好学习？"

开　票

与"办证"殊途同归的就"开票"了。相传在全球性洪峰来临之际，诺亚答应让一只叫噬税的虫子上船，这种虫子最喜欢的食物就是帝国的根基，但他告诉诺亚自己只吃风饮露，后来洪水退去后，诺亚发现了它的秘密，将它镇压在一块改革石之下，N年之后，他修炼成精，恰值开放，它趁机逃出，起初游离于车站码头，多迷惑中老年妇女，令她们逢人便压低声音说："发票，要不要发票"，后来为了隐蔽，将阵地转为厕所墙板。

它的覆灭，警示世人，就算是神仙下凡，也休想在互联网与国徽前遁形。

税，治国之本。关系一个国家的繁荣昌盛，一个民族的伟大复兴，失之，何来神奇的天路，何来杨大哥的太空漫步，国本之蠹，大小必诛。

前几天有一个终南山道士发消息称，在一个偏僻的公厕看见了池子里奄奄一息的噬税，它说命不久矣，想请道士送它回到故里，道士说你作恶多端活该万劫不复，再说，我东方的法术也对你不起作用，说完往它身上浇了一泡走了。

非常 3+2

淋病、梅毒、尖锐湿疣带着特有的荒淫与糜烂，一度在前行的城市里掀起了一场血雨腥风，与它们同登历史舞台的阳痿与早泄当仁不让，以强大的自带流量，并称非常 3+2。

他们虽然价值观不同，无法互通有无，但却惺惺相惜，于是，精诚合作，一张劣质 A4 纸就是彼此的天与地，殷红色的黑体字，是年华任性的冲动，也是春晖西去的纪念，一桶乳白胶开启了他们的城市之旅，起初在路灯电杆上风餐露宿，日晒雨淋，后来城管环卫围剿，尸横遍野，只好退避厕所墙板苟延残喘。

它们用自己的泣血的命运图鉴，警示天下——阳痿早泄不是个案，无须悲痛惊慌，勇敢面对，你还是可以高唱《把根留住》。淋病梅毒尖锐湿疣的现身说法，魔鬼其实离你并不遥远，你做不到洁身自好，也得紧握避孕套。

如果有一天，非常 3+2 从人世间消失，请从另一面记住它们曾经出现过，出现过，现过，过……

无抵押贷款

"不上征信、仅凭身份证、最高三十万、最快当天放款、利息低至 5 厘。"这不是厕所小广告，是一曲来自上古时代的圣歌，句句直抵那些脆弱灵魂的深处，虽然，你知道那些都是善意的谎言，但此时，便是苦海里的一盏明灯，能点燃你生命的希望，就像你明知道城堡里有一群甄嬛、芈月、如懿、魏璎珞，你依然相信王子与公主会幸福快活地生活下去一样。

那个拖欠员工工资带着自己小姨子跑了的黄鹤，当年肯定没有安静地在厕所上一次大大，与这则关于灵魂鸡汤的小广告失之交臂，他经过那些甩卖着自家工厂的皮具摊时，内心是怎么样的煎熬？他会不会在午夜的小旅馆含泪背诵："东躲西藏何时了，票子剩多少。小姨昨夜又装疯，鞋厂不堪回首月明中。"

"无抵押借贷"其实就是用一种反讽的方式向莎翁的《威尼斯商人》致敬，它告诉我们，做人就得有契约精神，量力而行，理智消费。按时还按揭，按时还信用卡、按时还花呗、按时还蚂蚁借呗，你才不至于沦落到在恶臭角落，用手机拨打上面的电话，给一个居高临下的乙方，述说自己的悲哀。

枪、迷药、假币

这个超现实主义的组合，你能想到什么？是对于权力、享乐与财富的对应，还是有着贾樟柯般的镜头质感与叙事手法？或者二者皆有？

你能不能看见，一个外表冷漠内心狂野的杀手，从一条小巷走过，雨水打湿了他一袭黑衣，他的帽檐很低，只有颧骨以下，高挺的鼻尖，规整的八字须，苍白的嘴唇与硬朗的脸颊，他走到小巷的尽头，一个红衣的旗袍女人打开了那扇老旧的木门，四目的相对，是一种关于生死的凝望，杀手将一枚硕大的钻戒戴上女人纤细的手指，与此同时，小巷两边的高墙上出现了数只黑洞洞的枪口，杀手低头看着女人的手，淡淡地说："人生，太短，短的只能记住一个人。"

不要以为这个场景很高大上，一步踏空，万劫不复，你蹲在坑位，看完一部人生大戏，应该明白，所有权力、享乐与财富应该脚踏实地的争取，那样的生活才能安稳惬意。才不会，刚装完样子，就被人民警察送进四壁高墙电网的劳改营房。

买肾 O 型血

无可否认，黑色马克笔挡不住字里行间渗出的殷殷血滴。很难想象，你蹲下那刻，看见这五个中西方文字结合的描述，腹腔会不会一阵隐痛。

为了坏掉的肾，在病床上没有尽头的等待着，周遭弥漫着腐烂的气息，卡上再多的余额，阻挡不了死神一步步逼近，你开始懊悔当初不该声色犬马，不该熬夜夹尿，不该长时间不饮水……但这个世界没有如果，没有。

而另一边，当年那个用自己一半肾换取 iphone4 的小伙子不知道现在用的什么手机？他会不会阅读《乔布斯传》来思索成功失败之间的偶然与必然。当路过 iphone 专卖店，iphone XS 的预售灯箱海报高光反射，像不像那把单锋的手术刀片在他麻醉后最后瞥见的一点寒光？

这则残酷的求购从正反两方告诉你，生命只有一次，你不去珍惜，它会提前消耗殆尽。

卖身救父

同卖身葬父不同的是，卖身救父一听就是个女孩子，爹既然在，年龄不可能太大，至少也是健康的，不然就应该叫半卖半送救父了。好就好在这爹明显还有得救，欢快的气氛也不会影响你五谷轮回，最关键的，如果你有心联系上当事人，你不仅救人一命胜造七级浮屠，还喜获一段姻缘，成为千古佳话。

该女如果没有读过《涑水家仪》就看过《郑氏规范》，最坏也听过《弟子规》，她不是卖身买手机，也不是卖身买包包，而是去救那个生她育她的男人。多么伟大的情操与胸怀。

在物欲横流的时代，这无疑是一股清流。

当然，就算"卖身救父"后面跟帖的是"修复处女膜"，就算两字体如出一辙，就算联系方式都是一样，你也要把这两件事情分开来看。

相信世界的纯善与美好，是人们愉快活着的理由。

买　卖

终于女人为小凤找到婆家，价格不菲，2.8万元，除去女孩成本1万，中介费，连日车马生活，这单婚媒可赚1万以上。

当然，小凤还只是半成品。加工材料低廉，两块蛋糕，少许硼砂。

杨海宝黄昏时带女孩出门："你不是一直说要吃蛋糕吗？叔叔这就带你去。"

小凤皱眉，咧嘴，蓬乱灰白的头发露出那双呆滞的眼："我要吃蛋糕，蛋糕好吃。"

几日来她说得最多的就是这句，杨海宝早已听得怒不可遏，不过一切都该结束了，他有了耐心，人将死，好好相送。

"行，乖乖听话，咱现在去买。"

杨海宝灌了口烧酒，牵住女孩脏巴巴的小手出门。天阴阴的，镇头几棵枯树在零下10摄氏度的寒风中瑟瑟发抖。路上没有行人，两旁散落的房屋冒着炊烟闪着昏暗的光，像一只一只眼睛窥视着即将发生的罪恶。

杨海宝在小店买了一袋蛋糕，还额外要了罐可乐，他觉得对小凤来说，此为善举。

"别急，一会到桥下再吃。"见女孩迫不及待伸手抓蛋糕，杨海宝及时制止，"不听话，叔叔就自个吃了。"

交货地点延水关大桥，桥的一侧是陕西延川县，一侧是山西永和县，两省交汇，偏僻隐蔽。

女人来事，不得不服。

包三轮货车至，天已入黑，风似愈烈，更寒。

"蛋糕，"小凤拉了拉杨海宝的衣角，"给我。"

"就好了，去桥下叔就给你。"杨海宝拽着女孩靠近桥墩。昨天他来踩过，墩口处有块土屯，可避风歇脚，亦可杀人。

取出蛋糕，涂抹硼砂，有股刺鼻的药腥味，杨海宝怀疑这东西是否能让女孩顺利吞下："来，吃吧。"

女孩接过，闻了闻，放进了嘴里。看不见她的表情，只听见咀嚼与吞咽的声音，心虚，掏出可乐，开拉环说："尝尝这玩意儿，再不喝成冰碴了，挺好喝的，别噎着。"

"苦，"女孩推开可乐："蛋糕，还要。"

他再递上一块，很快，女孩又吃了。

"蛋糕，还要，我吃蛋糕。"女孩仰着头，浑浊呆滞的眼睛闪着幽光。猛然觉得，那光根本不像一个智障患者所有的眼神。

"拿着，都给你。"塞过剩下几块，退后一步，"你自个吃着，叔叔去那边等你。"

恐惧，来得莫名其妙。

黑幕侵吞了整个天与地，剪接出无数古怪的暗影，严寒慢慢凝结着万物，除了呼呼刮过的北风。

杨海宝蹲在女孩十米的距离抽烟，他不时回望土屯，努力辨识是否有女孩的濒死前的挣扎与呻吟。可除了黑暗与风摩擦耳根的鸣响，一无所获。

他懊恼忘记带些烧酒，驱寒，亦可壮胆。

遂想女人，稍稍安心。

这桩婚媒，要不是女人指点迷津，亏去聘礼花销，还实在难知如何收场。

同乡金建平，40 未能娶妻，前两年外出打工，攒了 1 万多元，央求杨海宝寻一人家，别无所求，只要可传香火。恰临县汪家有一傻女待嫁，杨海宝两相撮合，代垫 8000 聘礼，2000 中介费，将傻女小凤带回金家，还未得到金家本金及许诺的 3000 辛苦费，金家就要退婚，原来小凤发育不良，医生诊断可能无法生育。

婚退不了，聘礼中介更是别想，傻女小凤还由杨家照管。

一筹莫展之际，女人运筹帷幄："他爹，这傻女，20 岁，就四五岁娃的智力，身体还不及咱家 10 岁丫头高，金家都不要，还能嫁出去？"

"你说咋办。"

"我琢磨，办法倒不是没有……"

"快说啊。"

"这阳婚办不了，就办冥婚。"续道："我探了探，一副新鲜女骨，少说都是两三万，过两天我去趟陕西，给她找到个婆家。"见男人心存疑虑，又道："你瞧那样，也算解脱，不定找个好男人，在下面过得比那家强。再说，咱家亏得起这笔花销吗？"

女人句句珠玑，男人心领神会。

此刻，难免恐惧慌张，一个光活的生命，在十米之遥的地方，渺无声息地渐渐消亡，化成一具新鲜的尸骨。

原本的三魂七魄归于何处？也许随了肆虐夜风飘散无踪，丝丝缕缕还曾擦胛而过。也许在这荒凉野外惶惑无助，沿着永恒的黑暗行走。也许，正悬在自己头顶，阴阴地注视着这个带走生命的男人一举一动。

寒意，贯彻全身，不是来源温度，而是内心，杨海宝猛地抬头，天是墨黑一团，很宁静，也很包容。

女人来电："半小时咱就到，都妥当了吧。"

"好了好了。"他应付，突地有了勇气，自慰，死人有什么好怕，还能把我当蛋糕吃了？

他缓步接近，渐渐看清，女孩卷曲在土屯上，浑身肮脏不堪，想是剧痛中的挣扎，他蹲下身，闻见一股作呕的混合怪味，那是她嘴里溢出一些白色液体的味道。人奄奄一息，只有鼻中发出细微的哼哼。

他托了托女孩的头，思虑她还能拖几时。女孩快快虚开眼，同样的宁静与包容，杨海宝却惊得一颤，跌坐于地。

女孩艰难抬起一只手，伸向他："肚子痛……蛋糕，我要吃蛋糕。"

再也无法控制，疯狂扑了过去，抓起一块散落的蛋糕，连同灰土塞进女孩嘴里，同时捂住鼻孔，另一只手捂住她眼睛："吃，叫你吃，吃……"

万物浸淫在如此的夜里都是寒冷的，空气、土地、黑暗、蛋糕、灰土、那棵小小的头颅，而杨海宝的手掌最终感到温和的，是女孩流出些许带着温度的泪水。

简单清理，尸体很快僵直。用黑布包裹妥当，只烟未尽，女人及冥婚婆家赶到。

见男人神色颓丧："小凤他叔，你咋的了，气色不好。"又道："人都死了你也不要太想不开，以后在下面跟了白家老三也是还了她爹妈个愿，咱白事红事一块办了。还没介绍，这是白二哥，他弟上月在矿里出的事故，生前人品人才都没说的，小凤有福享，你就节哀吧。"

一路絮絮叨叨，到白家已是凌晨 3 点。

百家礼数也还周到，备了一桌菜，全家上得桌的都来相陪。

尸骨来由，女人日前早有应对：小凤患肝癌，就这几日，家里算不得富裕，还有个两个小孩，成这桩婚，一是给未婚女儿一个归宿，二也能补贴家用。今儿下午刚刚断的气，就由她叔送过来了。

吃完也是 5 点，白家要求验冥媳，付了彩礼，趁早完了这婚事。

尸骨放在白家西屋，杨海宝示意女人代劳，因着实不愿再瞅女孩半眼。女人授意："她叔累了，我们去看看。"

杨海宝坐在一隅点燃一支烟，此刻酒足饭饱，他只想验完尸，待天亮就回家。

还未细想，听得西屋一声凄厉嚎叫，竟然是女人的。

所有人都冲过去，他跟着挤进，屋里的人以扇形排开，围着中央木板上的死尸以及匍匐在死尸上的女人。

"咋了？咋了？"他上前拥扶起女人，掐住人中。

"不知道，我们拆开尸布她就昏厥过去了。谁知道咋了。"

端来姜汤，半晌女人幽幽回醒过来，见身旁男人，不顾一切扑打过去："你杀了咱家丫头，你咋杀了咱家丫头？……"

杨海宝跳开："你疯了吗？谁杀了谁了？"

女人眼神异常陌生，投射着无可救药的歇斯底里："你杀了咱家闺女，你连咱家丫头同那傻女都分不清吗？"

一室人面对猝不及防的变故，鸦雀无声。

天旋地转中，杨海宝格挡着女人的撕扯踢骂退至陈尸台。他有些不确定了，举目看去，明明是小凤，明明是那个瘦削矮小愚笨痴呆的女孩。

"叫你杀那傻女，你怎么把咱闺女杀了，你说，说……"

一切都已明了，罪恶在黎明的微曦中暴露无遗，他最终在女人的疯狂中疯狂了，他一手扣住女人的衣领，一手抓女尸的头，凑到一起："你看看，她是谁，她会是咱家丫头吗？"

就在这时，杨海宝看见小凤微微睁开眼，那眼神，含着一丝慧然的笑意。

他两唯一的悲剧就是留下一个 10 岁的女儿。

如果你去那个小镇，很可能看见这个变得有点呆滞的女孩。

她习惯徘徊在副食店外，对过往的生人说："蛋糕，我要吃蛋糕。"

悬丝傀儡

　　郝雄穿着那件只有节日或去大户做堂会才用的长衫出门了，提着母亲潘招娣纺织的一匹棉布，一包酥糕，怀里还有揣着一把象牙梳子，这是他用五个大洋从一个南洋出海回来的水手那里买的。贵，但值得。

　　这个四月的风似乎有点无序，不过他特意上了一点发蜡，不用担心因为头发凌乱而显示的不恭。

　　路过西门桥时他遇见了布庄赵掌柜的女儿，她笑盈盈地给郝雄打招呼，看见他腋下的白布问是不是去她家销货。郝雄笑了笑表示棉布已经有人订了。赵家姑娘还不忘赞美了他母亲纺织的手艺，分手后郝雄突然觉得这个一张娃娃脸的女孩憨态可掬，眼眸如雨花石一般明亮，比以往好看多了。

　　心情一下好了许多。他想，好心情，干什么事都会有一个好兆头。

　　郝雄叩响黄老爷家大门时最先听见了一阵犬吠，然后听见黄太太一边呵斥着狗一边应问道谁呀，郝雄说："是我，郝六福的儿子，黄太太。"

黄太太谨慎地将门隙开巴掌宽问道："郝雄兄弟呀，你干什么？"

郝雄从女人眼神中闪过的异样感到她对自己这次登门拜访的厌恶，脸微微一红："黄太太，我……我是来赔礼道歉的，上次妈在您府上发牢骚，回去心里也一直不好受，这叫我来……"

"他不在，当家的不在。"黄太太手抵住门扇，挂在指间的手绢挡住小部分脸说，"你先回去吧，等当家的回来再说。"说完准备关门，郝雄伸手挡了一下，又礼貌地缩回来，难为情地扬起手上的包："这点小东西，不成敬意，您开开门，我搁下就走。"

黄太太审视了下包，又审视了下郝雄，有点迟疑。

"黄太太，我是诚心诚意来致歉的，您要是不收下，我就……就只能守在您家门前，等黄老爷回来当面谢罪，阿母说了黄老爷与您是有头脸的人，阿爹那是命，有天数，怪不得谁。"

在没有超出大原则的情况下，很少有人能拒绝另一个人诚恳低调的道歉的。更别说接受一方巴不得息事宁人。

郝雄父亲郝六福在黄家的船行做了大半辈子工，从水手做到船老大。且近些年由于战事频发，盗匪日益猖獗，郝六福性格彪勇，几次遇险都化险为夷。得益于黄老爷赏识，前几年用毕生积蓄 500 大洋占了一艘货轮少许股本，继续水上的营生，将食盐、茶叶、大米、生漆、煤油、染料等等货物往返于南海之上。不料上月回港与几个船员约去吃花酒，姑娘未到，他率先提议干一杯，不到一炷香工夫，他脸色先是潮红，渐转苍白，皮肤湿冷，口唇发紫，心跳加快，呼吸缓慢，呈休克状态。与席者大惊，还未送到医馆，已大小便失禁，抽搐，最后呼吸循环衰竭，死了。

他素有"酒神"之号，再烈的酒也能灌下两三斤，很少见他喝到不省人事，没想一杯黄酒下肚，就能要了他的命。

郝六福后事安顿妥当后，潘招娣拿着当年入股货轮的字据找到黄老爷，希望能要回自家的股本。但黄老爷告诉她，这钱不是股本，是郝六福分红的保金。现在人死船歇，这钱当然收不回去了。

潘招娣有些懵懂："黄老爷，您是说这钱没有啦？"

"六福嫂子，这钱不是入股的本金，是保金，您瞧，这不是写得清清楚楚吗？作为六福兄弟每趟出航的分红，现在不出海啦，保金自然就没有啦。"

"老爷，您当时可不是这样说的……"

"我是怎样说呢？黑纸白字摆在这里，我该怎样说呢？"黄老爷玳瑁镜后藏着的眼神冷冷的。

潘招娣一时无语，500大洋够家里好几年的营生，说没就没了。回家就病了一场，还未痊愈，想着亡夫种种、未来彷徨、人世炎凉，悲从心来，拖着病体又找到黄老爷，她心中不甘。

郝雄拗不住，半搀半慰地一起去了。愤怒没有突破点，是一种哀伤。她站在黄家青石铺就的地砖上，对坐在堂屋正中的圈椅上抽旱烟的黄老爷，半晌只说出一句话："老爷您不能这样做……"

"老爷您不能这样做。"这句话同她的脸色一样的苍白无力。

　　郝雄试图拉母亲离开，没有成功。他确实不知道怎样去帮助母亲讨这个公道，除了在表演"傀儡戏"时的台词与唱腔，生活中他从来都是一个沉默寡语的人，他努力过，但"不善言词"像一种顽疾脓疮，每割出一次，就会更快速地再生，最后，再也找不到一块好肉处下刀。

　　母亲执拗地捽开郝雄的手絮叨说："老爷您不能这样做！"

　　黄老爷有些恼火，起身退避内堂，关紧门，将局面交给黄太太应对。女人之间的纠葛感性强于理性。黄太太体态雍容神情彪悍，她没有丈夫的耐心，几句不合，下了逐客令。无效，言词渐趋犀利，所指的范围放射状扩大。她最后讲到了郝六福："你家男人也不是什么好货，他在外养野女人不是一天两天了，这几年出海的钱也不少，给了你几个子呢？说白了，就算他不死，钱也都送给那些婊子花了，没你啥事。"

　　郝雄站在母亲身后，一手搀扶母亲腋下，那具躯体激动得颤抖着，终于昏厥过去。他拼力托住母亲瘫软的身体，腾出一只手掐住人中，仓皇喊道："快，快找郎中，阿母昏了。"

　　罗素琼没有什么大碍，到医馆开了几服药，回家静养。郝雄向剧班告了假，回家服侍母亲。第二天中午，他做了母亲爱吃的烘猪脚，伺候着吃完，便换上当家长衫，出门时说："阿母，我去班里拿个剧本，新剧目，班长说要先看看，晚上我买些鲫鱼给您熬汤。"

　　郝雄侧身进了黄老爷家的院子，那只拴在廊柱上的黄狗弓着背竖着尾巴狂吠着。黄太太呵斥道："再叫打死你。"

郝雄努嘴逗了逗，说："这条狗好凶。"

"平日挺乖的，你同它不熟，熟了它还给你作恭喜呢。"

"真的呀。"郝雄附和应道随女人来到堂房，将包放在案几上说道，"这匹棉布是阿母纺的，酥糕是戏班里一个师兄这月去杭州带回来的，这把象牙梳子是我专从海市上淘的，说用它梳头能安神还能辟邪呢。"郝雄拿出梳子递给黄太太。

女人接过参详了下，奶黄温润，雕工精湛，手感十足，果然是难得一件的好物件，她说："怎么好意思呢，那就谢谢郝雄兄弟了。"

"是我们该谢这些年黄老爷对我家的关照呢。"郝雄笑了笑又说，"哦差点忘了告诉您，淘这把梳子时老板说用这种西洋来的野象牙梳子使用前得与家里的梳子一起泡洗一下，让它知道这是它的家，它才能好好地为主人所用。"

"还有这种说法？"

"宁信其有，不信其无。黄太太您把家里的梳子拿出来，我去灶房打盆清水，来给您弄好。"

黄太太满口应许，到房中拿出几把日常用的梳子，郝雄打来清水，仔细地拔下了那些残留在梳齿间的头发，然后将象牙梳一起放进盆里搓洗，甩干水，交给了女人，最后鞠躬告别道："请您带向黄老爷致个歉，我保证，今后，阿母再也不会上府上闹腾了。"

女人满脸堆笑道："郝雄兄弟太有礼数了，戏班子出来就是讲规矩。回家也代我向你家阿母问好，有时间我也去看望看望她。"

"好的，好的。"

院里那条黄狗喉咙发出阴恶的低鸣，它注视着离开的郝雄，目光虽然凶悍似乎夹杂着一丝惊恐。

走出黄家院子，郝雄将刚才一直紧拽着的那一撮从梳子上清理下毛发小心翼翼地放进了胸前的暗兜，他没有想到如此顺利便拿到了黄老爷与黄太太的头发，一路哼着小调到集市为阿母买鱼。

鲫鱼每条不超过两指、留鳞、去鳃、洗净，用猪油双面浅煎，加党参片、胡椒、盐，沸后细火熬炖八分钟，汤色稠白，味鲜香略带一丝苦味，滋阴润燥、平肝补阳、补气血、益脾肺。

潘招娣喝了两碗，儿子的孝顺超出鱼汤营养本身的意义。

"明天我想去寺里烧炷高香。"

"行。"

"你瞧，这几月家里发生的事……"

"阿母，你别伤心。"

"先是林子溺水身亡，又是你爸，都是活生生的，说没就没了。"

"生死有命。"

"500个大洋要攒到什么时候啊，这人究竟是怎么回事？"

"都会好的，阿母。"

"不知上辈子造啥孽……要是还有个什么，阿母也不想活了。"

"不会的阿母，你想太多了。还要汤吗？"

"够了。黄老爷家摆明就是黑掉你爹的卖身钱，连个说理的地方都没有，你说他们就不怕天谴吗?"

"阿母，您别想太多了，人在做天在看，天谴迟早会来的。再说了，咱现在也不是吃不起饭。"

郝雄收拾好碗筷，母亲先自睡去。他回到卧房，插上木栓，反了门。房间陈列简单，一张床、四门衣橱、书架、一张木台。木台靠着墙，上面堆满各种制作傀儡的工具与材料。墙上一张宽大的洋镜，用来对照演习操作木偶的动作。

郝雄的姥爷在世时是泉州城有名的傀儡戏班的艺人，耳闻目染他从小便爱上了傀儡戏，郝六福原本希望儿子能跟他一样当一名船员，但拧不过终于放弃，就让他跟着姥爷到戏班里当学徒。

傀儡戏又称"嘉礼戏"，"嘉礼"意即隆重的殡婚嘉会中的大礼，源始于俑，起初为追悼亡灵之用，后渐至婚嫁、寿辰、周岁、奠基、上梁、迎神赛会、谢天酬愿。"嘉礼"又分南北两大流派，南长神话，北擅武戏。姥爷属于"南派"，那些神魔仙怪的传说让郝雄如痴如狂，他吃苦耐劳，天赋极高，几年时间便技艺超群，一个人能同时玩转二十四根线。

每次表演前他都会看着面前的道具，用最轻松的放式站立，想象自己是一只悬丝傀儡，手指、腕、颈、肩、腰、腿都有线悬着，幻想"主人"即将发出号令，将手开始慢慢前伸，再慢慢地伸展肢体往上，渐渐地，气从头上灌注到手指、腕、颈、肩、腰、腿，灌注到身体的每一处，直至毛发。只待号令一出，就会与主人神思相交，完成他的每一个要求指令。不仅如此，郝雄制作木偶的技巧也日益精湛，个个奇巧鲜活。

郝雄总是想：人生不正如一场"傀儡戏"吗? 被制造出来，

描下应有的脸谱，被千万条线牵引着，看似有血有肉轻灵自如，其实只是言不由衷身不由己。在这里，他觉得自己就是终极的神明，操控世间一切，给予那些角色的喜、怒、哀、乐，以至生与死。

摊开近日新作，两只"傀儡"柔软地躺在强烈光源中，像棺椁中的尸体。因差原料，两只"傀儡"还没最终完成，它们光着头，看上去有点滑稽。从暗兜了取出那撮从黄家带回的毛发，悉数放在一只瓷碟中，拿起雕刀，划破食指，往碟中挤血，一滴、两滴、三滴……发丝浸泡在鲜红的血液中，美得抽象。慢慢地，凝结成了一汪，光泽暗淡下去，变的稠殷的褐色，怪怪的，有了一种邪。一炷香工夫之后，郝雄将毛发一根一根挑出，分别粘在了傀儡的发套上，最后将发套固定在了木偶头上。

两个悬丝傀儡终于大功告成！

郝雄从银镜里看着自己的脸，清瘦，蜡黄，阴冷，他感到有点陌生，因为此时他觉得体内有什么燃烧了起来，自己不再是那个不善言辞孤僻自卑的人，而是一个强大、果敢、勇猛的人。他开始了自己的表演与操控，不仅仅只在舞台上，也在现实中。

这出傀儡戏剧情简单——深夜，老爷勒死了太太，然后自缢于房内。

郝雄一丝不苟的表演完这出没有观众的傀儡戏。

第二天，有人发现黄太太被勒毙床头，黄老爷悬死梁上。巡捕房的人说了，门窗从里封死完好无损，只可能是黄老爷先杀人，后自尽。

　　这是他的一个秘密。半年前，郝雄在集市一处旧货摊上撞见一本破烂泛黄的曲牌，他如获至宝，这部闻所未闻的曲牌保留了"傀调"一贯的腔刚健质朴、粗犷高亢，但又多了一种说不出的阴冷。而曲牌最后一页上，记载着一个荒诞的说法——将仇人的头发用自己的鲜血浸泡后制成傀儡发套，可使其任由摆布，宰其生死。起初郝雄并不相信，权当是好事者的胡言乱语。

　　直到上月初，林子告诉郝雄，她要去福州了。

　　郝雄想起这段时间一直有一个福州来的商人点班上的戏，他有点恍惚，问："是不是浙江那个瓷器商人？"

　　林子说："就是，那个商人已经来家里提亲了，给了1000个大洋的彩礼。"

　　郝雄问："你家收下了？"

　　林子眼中闪过一丝不忍与愧疚道："收了。"

　　林子是戏班一员，弹得一手漂亮的南派琵琶。郝雄都算不清自己喜欢林子多少年了，却始终保持沉默，他不知道如何说起，更害怕说破后会坏了眼前一切，全不想到会是这个结局。他说："定了？"

　　"定了。"林子望着他笑着说，"福州也不是很远，郝雄哥以后你娶嫂子时我一定来贺喜。"

　　郝雄微微点头，他说："好的，林子，我知道了，你多保重。"他突然很厌恶面前这个女人，他不信林子不知道自己喜欢他，她应该也是喜欢自己的，但终究将自己卖了。一切都是一场傀儡戏，剧终人散，各奔东西。

　　那天晚上，郝雄喝了些酒，心中发狠起来，他猛然想起多年前一次林子剪发后送他的一缕青丝，也想那未知曲牌，以及上面记载的诅咒。

三天后，当林子的尸体在一处池塘中浮现，郝雄在岸边看见肿胀的尸体，脸被鱼虾叮咬露出一个一个黑洞，他短暂眩晕，开始呕吐。惊愕中，他认为这也许是场巧合。

接着便是郝六福。那段时间他与一个窑姐如胶似漆，竟渐自公开，肆无忌惮，郝雄对此深恶痛绝，母亲无言的泪水刺激着他，他找父亲理论。

"阿爸，你离开那个女人吧。"

"你说什么，谁？"

"你知道说的谁，每个人都知道，你一个不知道？你有时吃吃花酒也就算了，干吗还这样，给咱郝家留点颜面吧。"

"我说，你啥时管起我来了。"

"阿母哪儿不好，你们也有几十年了，就不能好好过下半辈子吗？"

郝六福有些惊奇，儿子多年来第一次这样对他说话，好像有什么在给他暗地里撑腰："咦，翅膀硬了，滚一边去，你少管我的事！"

"阿爸，你真的不愿回心转意？"

郝六福一拍桌子："我是你老子，明白吗？老子干吗也轮不到儿子来说长道短。你管好自己吧。"

郝雄咬着牙再一次想到了那个诅咒。当父亲盖着一袭白布安静地躺在堂前，郝雄没有一丝悲伤，只有一股复仇后快感在浑身激荡。他相信了诅咒的真实与魔力。

戏班到黄家坐了三天的堂，郝雄卖力的表演，赢得了阵阵喝彩。最后一天他见到了前来吊唁的布庄赵家姑娘，发现姑娘眼角与嘴角有些瘀伤他便问是怎么回事，赵家姑娘起初不说，经不住追问便告知了缘由，前两天南街王老五到布庄赊一匹印花布，他爹不许，王老五出言不逊后来还推搡了起来，她去劝阻，被王老五打伤了。

郝雄笑道："回家用鸡蛋敷敷，消得快些。没啥大不了，过去就过去了，以后他应该不会再来找你们事了。"

他想了想又问："王老五是不是老去东桥头老丁头那儿去剃头呀？"

一个洗脚房老板的奥义

"洗脚房是都市生活的一部分。这种业态作为城市发展的见证者与参与者，随着午夜钢筋水泥中暗涌的脉动，用一盆添加了各种植物或矿物的热水，洗涤着众生的烦恼与魔障。"

我觉得这句话有格局有诗意，还有熏香缭绕的禅意，可以镌刻在每一家洗脚房的大厅作为企业宣言。

这句话是李琦说的，当年他半靠在"青庐"二层平台上的一张灰白的沉船木席地榻上，洱海的宽阔宁静，天空的云像一个小女孩用青瓷碗喝光牛奶后残留在沿口的流坠。他虚着眼，望着西斜的余晖，声音缓慢而有力，你能感受到一种类似信仰的东西。

这是我第一次真正意义上认识李琦。

多年前我经常去他洗脚房洗脚，地点位于顺南街一栋开放式住宅楼的二楼，那是遂宁早期洗脚房的雏形，打着中草药足疗的名头，印象九十分钟三四十元人民币。我们打过照面，他蜷缩在收银台后抱着一本挺厚的书啃。有一次，我发现那竟然是南怀瑾的《金刚经说什么》，由此对这个男人肃然起敬，那些年还没有佛系的说法，社交软件也不太发达，装样子给顾客看也没多大意义，所以我断定该老板是通过《金刚经》堪透洗脚界的真理。他可能想把佛法原理运用在自己的事业上，一边洗孽，一边洗脚，一边修心，一边修脚，将事业做到高潮与巅峰，将福音赐予每一个拖着一双疲惫的脚的旅人，或者每一个漂泊游离的孤独的灵魂。

当然，这些都是我当年浅薄的臆想，我无法预测多年后我会与这个男人成为朋友，最终能从他的嘴里知道那些关于洗脚业的奥义。

事情追溯到 2015 年的冬天，我独自去了趟双廊，具体为什么一个人去我说不太清楚，可能头晚喝高了也可能是心血来潮。我经常逼疯发着会一个人往外跑，这不是孤案。当时双廊还未陷入全面治理的悲苦境地，我从双廊机场直奔月亮宫，但吃了个国际标准的闭门羹。叩了半天门，有个小妹半虚半掩地开了问我干吗？我说还有房间吗？小妹说没房间，我说能参观一下吗，她说你可以百度。我羞愧难当，觉得这不仅对人格的侮辱也是对智商的侮辱，她寥寥三句是我听过最晦涩难听的云南普通话。

此处不留爷自有留爷处，我绕了几处弯便看见了青庐，青庐远不及太阳宫与月亮宫出名，其实都出自一个叫赵青的人之手，网上有很多关于他的段子，有兴趣可以去看看。之前也只隐约听过，单被门前那一池瓦片堆就的水镜所吸引，便又去敲门，这次开门的是个着白族服的大姐，我说还有房间吗？她说有，我说能看看吗？她说能，于是在狭小的前台处换了双布鞋，一进入这栋建筑，我便被慑服，除了空间，还有正面玄关壁上供奉的南怀瑾。

我当即决定入住，问了房费，额头出了股毛毛汗，大义凛然问有没有早餐。办理入住时我又问今天客人多吗？大姐说，现在淡季，就一个。她顿了顿说，男的。我不知道大姐为什么要加句"男的"，打破我短暂的意淫，我想这家伙大冬天一个人跑双廊玩肯定有毛病。

关于"青庐"景别我不愿多作赘述，第一我一直不太擅长环境描述，第二它不是本文的主题，第三，你们也可以去百度。

我放了行李就把房子转了一圈，刚在露台上点了根烟，李琦就出现了，千里之外，遇见一个面熟的老乡，那份亲切与友谊在电光火石间你就想烧黄纸割手指，唱这一拜生死不改。

李琦七十年代初生人，大我几岁，于是以大哥相称。他生得清癯精悍，眉宇间有像晒干了的小岳岳，大概是喜爱阅读的原因，语言也是相当丰富。旅途中遇见这样的人无疑是上帝的恩赐。晚上我俩搭伴去镇上吃了烧烤，又去了临海的一间小酒馆，印象特深就是他上台敲了一段非洲鼓，旋律节奏缓慢绵长，对于本该有的欢快激烈显得有些古怪，我问他是什么曲，他说是《哈奴曼》，我说听着怎么这么中国范，他说中国文化的神奇之处就是它消化功能，你看元清二朝的结局了吧，非洲鼓来到中国，就像美国小龙虾到中国一样，很快就会变成这里的一部分。我说不对，我觉得你的手法有肩颈按摩的嫌疑，李琦说你错了，虽然从千禧年到现在我做了十几年足疗，其实我并不精通技法，我只是一个洗脚房的经营者。我说这我懂，就像大多数厨子能做好一道美食，却经营不了一家餐厅一样。

168

　　我问他大冬天一个人跑双廊干吗来了，他说那你干吗来了，我说这几年民间借贷泛滥成灾，我也是受害者之一，到洱海边想想人生的去从。李琦说其实在 2013 左右那些疯狂的日子里，他真的差一点也上道了，有一次，他听见洗脚房的保洁阿姨与值夜班的老刘聊天，一个说自己在某某存了五万，利息三分五，领了半年了，一个说狗市的，我那边还是二分八，太黑心了。李琦告诉我，当一种投资手段出现在保洁阿姨与门房大叔生活中的时候，这个行业就是气数已尽的时候，而 2012 年那次股灾，也是以此逃脱厄运。我说洗脚房还有这个预警作用你可以去申请专利，就像章鱼哥一样，肯定有巨大的流量，说不定引来无数追随者，最后拥戴你成为"洗脚教"教主，你就可以同那些信徒双修了。

　　李琦灌了一大口啤酒点着头对我说他确实在研究一种"双修"服务，两只脚同时被两个人洗，气与血才有最好的平衡与通点，不仅节约了洗脚的时间，保健功效翻倍叠加。我竖起大拇指说原来你是洗脚房的六祖慧能，来洱海边悟道来了，住青庐该不是奔南怀瑾来的吧？李琦说奔南大师的话我该去苏州太湖而不是云南，我其实是奔杨老师来的。我大惊，难道杨老师也懂"双修"？李琦说他准备把自己的洗脚房做成连锁，两年内在遂宁三县一区开四个店，现在最大的瓶颈不是钱的事，而是缺乏技师的事，他觉得孔雀舞对于手的表演是所有舞蹈中最为复杂与重要的，而如果能将这种手法运用到洗脚业，顾客一定能感受到自然与骄傲混合的神奇之旅。我说大哥，你小声点，不定这个酒吧都是孔雀舞的爱好者，你的理论很讨打。李琦嘿嘿一笑说那好兄弟，我们今天说喝酒说风月，不说洗脚的事了。

那晚我们喝到很晚，天南地北神侃，内容不外乎酒色财气。第二天，他就前往西双版纳说去看《云南映象》，后来有没有见到杨老师我不得而知。但是他目前的所有技师肯定没有去集体培训孔雀舞。

那以后，我们便成了朋友，他的洗脚房如今在遂宁开设了六家连锁店，（在此我不说店名，第一我怕大家骂我变着方法写软文，第二，他没给我钱我也没必要说出来。）都是直营，由此不难看出李琦不仅抗住了这几年的经济下行，还逆流而上，遇难成祥。我觉得这与他对于行业的理解与专注有着密不可分的原因。同时也证明，没有最烂的行情，只有最烂的老总这句至理名言。

李琦从一个游手好闲的青年成长为今天斗城洗脚房连锁店的董事长，有一个无法回避的贵人，那就是他的舅舅。他舅舅以前在遂宁县搬运社的医务室工作，对于中医推拿骨科很有兴趣。八十年代在改革浪潮中率先下岗，在南小区开了一家私人诊所，生意不温不火，有一次他去广州旅游，回来就宣布自己要开一家足疗店，那时这个行业在内地算是全新产业，没几个人知道这个世界上还可以将洗脚作为一种行业，他舅舅就在顺南街开了一家洗脚房。生意依旧不温不火，但也能经营。李琦技校毕业无事可做，就去了舅舅店里打杂。到了千禧年，舅舅宣布退休，就把店盘给了李琦。于是他就开始了洗脚房经营之旅。

其实，我心中一直有几个疑问，是什么让李琦有今日之成就的？作为一个不懂或者不太懂技法的老板，是什么让他在这条洗脚之路上走了这么远的？到底是洗脚房成就了他，还是他成就了洗脚房？洗脚房里到底蕴含了什么样的奥义？

去年我打算创办一个视频类的自媒体《斗说遂宁》，其中一个版块叫《对话斗城》，计划是对遂宁本土各行各业或市井庶人进行采访加跟拍，其实就是想做山寨版的《和陌生人说话》。我第一个想到的人就是李琦，希望能在节目中解答那些积压长久的疑惑。但李琦严正地拒绝了，说自己晕镜头。我苦口婆心说了几次他坚如磐石毫无所动。虽然我承认，现实中晕镜头的比晕车的人多，平时口若悬河，一对摄像机就语无伦次眼神飘离。

有一天晚上，我把李琦约到一家融合料理店，开了一个包间，酒过三巡，我说李大哥，这可能是最后一次陪你喝酒了，他说终于老天看见坏人了，前列腺癌还是痔疮癌？我说我抑郁了，与你拒绝我的采访有直接或间接关系。他说他认识华西的一个精神科大咖，可以介绍我认识。我说无论什么大咖，都得找病根，病根你知道吗？他说知道，是不是关于洗脚那档子事。我谨慎地点了点头说大哥，你想过没有，现在的实体店真心不好做，开一百家店，八十家一年之内倒闭或转让，有十五家艰难度日，最多五家能赚钱，这说明什么？撇开什么大气候，也不说投资者的盲目性，内核肯定与对行业的认知有关系。李琦啃着一只羊小排说没错。我说你现在是遂宁洗脚界的泰山北斗，有一套对于这个行业的解读与辨识，为什么不分享出来？虽然你可能只是讲的洗脚业，但其中有些智慧是可以触类旁通的，如果这些你愿意讲出来，让投资实体店的人多一些借鉴，少一些损失，不仅是对家乡经济做出贡献，也是自己的一份公德。

"少扣帽子，别扯这些没用的。"李琦边说边擦了擦嘴，点燃一根烟，猛扎了一口，吐出一个大回龙，一般来说，一个男人吐大回龙的时候总是在收账无果、开房不举或者坦白从宽的时候才会发生，他说："好吧，兄弟，我来给你讲讲洗脚房的奥义。"

"洗脚界有这样一个传说，夸父为了追日日夜兼程，跨过大川湖海，由于鞋子还没有发明，他的一双足饱受折磨，高强度的体力劳动结合对于太阳的焦虑，夸父积劳成疾，他终于倒下了，这时一只乌龟出现了，它将自己的壳取下，翻了个面，成为中国远古史上的第一只洗脚盆，从温泉取来热水，将夸父的脚浸泡了八分之一时辰（十五分钟），然后帮夸父洗脚，它边按边问夸父痛不痛，夸父说痛，它说是胀痛还是刺痛，夸父说全是刺痛，半个时辰后，乌龟说夸父你的五脏六腑都有毛病了，你不能再追日了。夸父说追日是我的梦想，一个人没有梦想跟咸鱼有什么区别。乌龟说命都没了哪来的梦想。夸父说没有梦想要命来干吗。乌龟没有回话，悲悯地看着夸父，夸父也觉得有点尴尬，他说再说了，你凭啥说我五脏六腑都是毛病，乌龟叹了口气说，一个人的足底有很多穴位，对应体内所有器官，胀痛就是没毛病，刺痛就是有毛病，我按的时候你牙齿紧咬额头冒汗，刺痛感如此强烈，肯定病入膏肓了，你得去接受治疗。夸父摇摇头站了起来，抓起一只桃木，他说就算爬我也要追到太阳。乌龟看着远去的夸父现出原形，原来是黄帝。不久后夸父殉节了，黄帝很悲痛，为了不让世人重蹈覆辙，他写了本书叫《黄帝内经》，其中收录了足穴对于人体疾病的甄别，以此警示世人足疗的重要性。"

"你的意思黄帝其实是洗脚房的庇护神?"

"严格说,以前是,现在不是。"李琦眼神有些暗淡,"注意我的措辞,我一直说的洗脚,而不是足疗。"

"这两者差不多吧?"

"差太多了,"李琦顿了顿道:"记得早先开店时,大家都诚诚恳恳,学足疗,先读经,清早上足疗店,长街黑暗无人行,脚盆里的水冒着热气。从前的足疗是医病,四肢百骸五官九窍都医,搓一双脚济一个世。从前的技师都良善,顾客有顾客的样子,你搓了,人家就好了。"

我听着耳熟,却又想不起出处,我说:"李大哥,能不能说遂宁话?"

李琦灌下半扎啤酒稳定了下情绪说:"十几年前,一个技师培训最少需要三个月,现在慢的一个月,快的十五天,别说什么涌泉、照海、太冲、太溪,可能连一双脚指头多少根都没弄清,这样技师能是个好技师吗?"

我配合地摇了摇头,铿锵道:"不能!"

"现在所谓的足疗技法就是一个流水线作业过程,泡多久,脚、手、头、肩、颈、背哪个位置按多久照本宣科就对了,相当于 KFC 的加工,不需要你懂烹饪,一切都是制式。你知道足疗是咱老祖宗发明的,但两千年都没有形成行业标准,没有标准也就不存在好坏,只要你看着煞有介事,顾客一般都会被你体境感染,认为这就是洗脚的程序正义。"

我似乎看见那些穿着黄色短衫短裤的男女,貌似一根根鸡腿,正躺在一条流水线上,被一个个毫无情怀的技师忽悠煎炸。

我说："那市面上这么多主题的洗脚房，都是一丘之貉？"

"目前，洗脚界门派林立，什么美式、藏式、法式、泰式，但我可以负责地告诉你，都是伪命题。无论美国人印古哈姆《足的故事》还是瑞士人玛鲁卡多的《足反射疗法》，面对我们的《黄帝内经》就像一个尼安德特人与你玩吃鸡，压根就不是一个量级。所以，天下的各个洗脚派别只可能有一个流派，那就是中式。如果非要分类，个人认为只能从法律的层面来分——歪的与不歪的。"李琦瞅了我一眼说："兄弟，教你一个简单的辨认方式，一般来讲，价目表上一旦出现什么388、588、888套餐的洗脚房，作为一个热心且有正义感的市民，你打110报警举报肯定没有错。"

我低下头，耳根有点发烫，给他添上一扎酒说："李大哥，不开玩笑，我没有举报的机会，这些年我基本不出去灯晃了。"

李琦撇了下嘴说："讲真，我曾经也不是没有动摇过，没有误入歧途的原因一是因为我也算半个读书人，有一定的法律意识与社会公德心，还有一点就是我一个朋友开了两年歪堂子，死了。知道为什么吗？老板需要监考员工技能，这行业流动也大，隔三岔五就来几个新人，他就去当试卷，遇见成绩不好的还得重考，最后终于猝死在了工作岗位上。"他默默地举起杯与我碰了下，以示缅怀。

虽然斯人已逝，我想不出来这位仁兄的挽联是如何写的，为了缓解沉重地气氛，我笑道："有点跑题了李大哥。"

李琦道："说回来，不是洗脚房变了，只是人们的消费习惯改变了，现在进洗脚房，可能只是为了找个地方放松一下心情，让喝醉的人有地方醒醒酒，免得回家被婆娘骂，再或者为了增进与甲方的关系，可以在一个封闭的环境里说几句貌似体己的话。所以洗脚房的环境、服务要求更高了，你进门送上一双有温度的凉拖鞋，一根九十度的热毛巾，还得有荞麦茶老鹰茶与果盘，包间里得有一个大投影，一个套餐做完还有一碗红油抄手或者醪糟汤圆。半夜两点后还可以免费睡到天亮。当然，可能有百分之一的人来洗脚房是为了足疗的，但这个行业不会为这百分之一的人改变。"

我突地有些伤怀，面前这个微醉的男人不太符合我最初对他的人设。他应该是一个身怀绝技的洗脚房技师，义薄云天，春秋大义，在一只松木桶前悬壶济世，用祖传或者失传的绝学，开宗立派，带领一群有着共同江湖操守的门徒，在 120 分钟的套餐里治好你的肩周炎与腰椎间盘突出，或者让你掏空的身体充满爱的原动力，我叹道："黄帝在天有灵，看见今日之洗脚房，会不会捶胸顿足吐血复生？"

"给你说黄帝是足疗的祖宗，不是洗脚房的。"李琦拱拳过额，对着太虚拜了两拜，我自知言语有点冒犯足宗，赶忙递了一支烟，趋身点燃。李琦说："这一百年来科技的发展进步改变了几千年的人类习惯，这是无法逆转的，尤瓦尔·赫拉利说一个五百年前的人回到一百年前他不会觉得世界有什么难以适应的，而一个一百年前的人来到现在，就会疯掉。就像你如果真肾亏，肯定也不会让一个人按你脚底板来帮助治疗，你会去抽血照 CT 吃药打针买汇仁肾宝。"

"有一些东西是回不去的。"我感触地说。

李琦点了点头道："无论时代怎么变化，无论足疗师还是洗脚妹，有一点是变不了的，那就是都是为人民服务，顺便还能养活自己。"

"李大哥，说到这里我真心想问问，洗脚房技师收入到底怎么样？"

"劳动人民的收入肯定是以其劳动的付出成正比的。就拿我店里来说，五六千是比较普遍的。给你算一个小账，店里的上钟如果客人不点号，都是按顺序排的，上午一般没有什么客人，午饭后陆续开始上客，如果你愿意守到凌晨两点，就是十二个小时，理论上一天能排上四五个客人，一个一百多的套餐，技师提成大概就是四十左右，差不多日收入就是两百元。当然也有狠的，二十四小时守在店里，这种技师月入上万是没有的问题。"李琦话锋一转道："技师这活其实相当辛苦，体能消耗很大，做一个下来，相当于跑了五公里。"

我敬佩地点着头，又道"照你之前的说法技师的技能流于表象，毫无深度与内涵，但凡智力正常，十几天便可学成上岗，门槛这么低这技师一定很好当？"

李琦撕开一瓶乐宝，单手用瓶口压斜扎啤杯成60°，让啤酒顺杯身流入，他说："天下没有一门手艺是容易的。你只看见技法，看不见技法之外的名堂。"

"难道这里还有玄机？"

李琦吞一口啤酒，打了一个充满麦芽味的嗝，他说："你知道作为一个洗脚房技师最忌惮的是什么吗？"

我摇了摇头表示不知道，但心里觉得他们最忌惮的应该是老板不发工资跑路。

"顾客！奇葩的顾客。"李琦顿了顿，脸上露出凝重的神情，他说："这个世界上大概有四类人是技师们最不愿面对的，所以我们店里有一个不成文的传统，技师们每天到店里换好工作服都会对着广德寺的方向默默祷告，希望今天不要遭遇。"

"明白了，其中肯定有那些满嘴黄段子、动手动脚的猥琐男。"

李琦点头道："对，此类顾客其实就是些土贼，压根分不清歪与不歪，文化程度高低不影响一个人成为傻子，他们大多平日鲜有洗脚，两口马尿一灌下去，就以为自己真是上帝。把下流当成幽默，把不要脸当成风趣，把技师的解释当成半推半就。但是这类顾客也不难处理，招呼几次，店长与保安就会出面收拾残局，如果按伤害指数分段只能算两星。"

"有道理。"我附和道。

"之后就是黑社会成员。和平年代一个普通人肯定没机会见到那些用来砍杀的冷兵器，有的还有自制火药枪狗蛋子，你想看着多瘆人。他们的话题也弥漫着血腥气，什么嗨药（毒品）放水（高利贷）打锤割孽（打架争吵）。最可怕的还是文身。"李琦叼起一支烟继续道，"中国有两个图案是超哥们的最爱，一个关二爷，一个就是龙。龙的比例肯定更大，他们文在臂上背上生怕别人看不出自己的身份。你知道洗脚房技师绝大多数都是妇女，女人普遍都怕软体动物，这些图案完全是对她们身心的巨大摧残。伤害指数可以算三星。"

"完全理解。"我点头说。

"再有就是皮肤病患者。"李琦说："虽然，我们不能歧视皮肤病患者，但是你如果想技师能给予一个浑身疙疙瘩瘩流淌滴水的顾客报以春天的温暖，无疑也是不现实的。我就算是洗脚房老板，个人也认为洗脚房对于那些皮肤病可说丝毫无益。"

我听得一阵心里着难，喝了口啤酒压胃道："他们算四星？"

李琦摇了摇头道："最多能算三星半。能直达五星的只有一种顾客——他们错误地把洗脚房当成足疗店，或者把休闲娱乐业当成华西 VIP 病房，希望技师都是王大师，能对自己各种毛病手到病除。"

我说："顾客有这种愿望也是好的啊，毕竟'洗脚房'与'足疗店'这种冷知识社会还没有渠道普及。"

李琦冷冷一笑道："这我承认，如果只是愿望当然不可怕，就算他们板着张脸技师也可以视而不见。关键是那种从开始数落到 120 分钟完的顾客。说你水温有问题，说你指法有问题，说你轻重有问题，说自己这里酸那里痛，说自己上次在什么地方遇见一个手到病除的大师，说你倒腾了半天毛作用都没有。好像这世界没有人对得起他，他们花了这一两百元钱技师就得把自己的血肉筋骨重组，DNA 就得改码一样。"

"这确实是对心灵的摧残。"我竖起大拇指，多年来混迹江湖，参与过十几种业态，想起那些感同身受的瞬间，我热泪盈眶。

"所以，我们店还有一个心理辅导支部，每周都会把那些遭遇过那些奇葩顾客的技师组织起来，围成一个圈，大家彼此讲述自己的经历，然后由心理老师逐一疏导。"

"壮哉！这应该是全国洗脚界首创。"我有些激动说，"如果企业家都能像你一样大爱无疆，员工自杀现象肯定能有效遏制。"

李琦谦虚地摇了摇头说："关爱员工是每个企业家起码的良知，也是一个企业生存的命门所在。"

"我代表你旗下所有员工向您致敬。"我端起扎杯与他碰了一下，心里想要是我能遇见这样的老板，这些年也不会这么上蹿下跳疲于奔命了。我说："李大哥，下一步你还有什么计划吗？"

"有！"李琦眼中闪过一丝光亮道："你知道，洗脚业从业者最大的问题就是职业生涯的实效性，他们用自己的青春奉献给了这个行业，却面临提前退休的风险。这也是你在洗脚房为啥很少看见四五十岁的从业者的原因。"

我被李琦的忧国忧民再次震撼，我说："您有解药？"

李琦惠然一笑："我已经成立了一家食品公司，主要生产泡椒凤爪。"

我挠了挠脑袋说："这有什么关系，大哥？"

李琦说："我的泡椒凤爪是全手工制作，从野山椒的采集腌制，到鸡脚的蒸煮去骨，洗脚房员工与脚打了十几二十年交道，自然深谙其中关联，首先都是脚，然后都是泡，只要稍微调整行业认知度，基本无须培训，就可以再就业了。"

"大哥！"我双手执杯大喊："收下本人双膝，容我为洗脚业的广大劳动人民向您致敬。"

那晚我们都喝多了，后来去了李琦北门店洗脚，我梦见自己在迷人沙滩上享受海风与阳光，浪花一簇一簇拍击着海岸线，人的足印与鸡的爪印镶嵌于整个沙滩，那是李琦用良心画的一卷美妙图画，我想这大概也是一个洗脚房老板的伟大的奥义。

虾姐传

很多年前"发明油焖大虾"让我认识了"焖"字,同发廊让我认识"焗"字差不多,感觉又生僻又时尚。据说"油焖大虾"这一称谓就是她最早引入遂宁,这一卖,便是十多年,不说虾姐的虾子到底有多好吃,先来听两个关于"发明油焖大虾"的两个段子。

段子1 他们现在厨房的中流砥柱小梁十一年前第一次吃到发明油焖大虾后就再也离不开这种味道,据说当年他在经开区一家电子厂上班,每月工资勉强够吃一周,剩下三周他都只能在浑浑噩噩中靠味蕾的记忆苟延残喘,渐渐地,小梁犯上了轻度抑郁,开始关注了海子、三毛、海明威、凡·高、川端康成等等的自杀方法,所幸没有找到适合自己的。他在每一个黄昏都徘徊在发明油焖大虾门店对面的绿化带,看那些饥肠辘辘的食客冲进店里,对着一盘盘大虾擦着鼻涕流着泪水冒着大汗,最后跟跟跄跄从店里出来,脸上挂着神秘而满足的微笑,女人像从金伯利出来,而男人则酷似从汇贤雅叙出来。小梁觉得"发明油焖大虾"

之外的世界即是人间炼狱。

我们知道，人类的顿悟通常来自那些直击灵魂的苦难，小梁鼓起勇气走进了店里，找到正在吧台收银的老板娘虾姐，他说自己大专毕业吃苦耐劳从少先队员一直干到团支书，在《川中文学》发表过赞美祖国的诗歌还参加过环城马拉松，政治觉悟与身体素质都很过硬，现在他立志应聘当一名跑堂，用余生穿梭于大虾之间直到生命的终结。

虾姐有点感动，因为在被大妈占领多年的跑堂界很难看见这么个有志向的小鲜肉，爽快地答应了小梁的要求，并同意试用期满了后给他买五险一金并提供住宿。小梁信誓旦旦的后面隐藏着一个巨大私心，他知道跑堂的工资也支撑不了油焖大虾开销，他幻想且笃定在收拾餐桌上的杯盘狼藉时，那些盘子里肯定有剩下的油焖大虾，如果一天卖两百份，每份里有一只漏网之虾，那两百只虾就可以成为自己生命的意义。

小梁立马投入到跑堂的事业中，一个月之后，他含着泪水找到虾姐，坦白了自己的初衷，因为这一个月下来，每盘上桌的大虾都被食客一扫而光，他最多从某些不食虾钳的顾客嘴下得到一堆虾钳，里面小小的虾肉像一个个小人得志的汉奸走狗，对自己卑微可笑的举动比画出"祝你成功"的剪刀手势。虾姐听完小梁的陈述再次被感动了，一个青年对于油焖大虾的热爱其实就是企业的希望，她把小梁安排进了后厨，这样至少可以保证他有品尝大虾的基本权利与应尽义务，到今天小梁依旧混战在"发明油焖大虾"的厨房，用他自己的话说："生命不息，炒虾不止。"

现在如果你去"发明油焖大虾"吃虾，可能会遇见一个三十多岁的男人，他用一种冷峻而陶醉的眼神扫视过每一个吃虾的食客，像耶路撒冷之路上那些朝圣的圣徒，食客们就是他用龙虾超度的悲苦灵魂。不错，这个人多半就是小梁。

段子2 十多年前，脑瘫患者小丁迎来自己十八岁的生日，活着对于小丁不是件容易的事，那些异样的目光与唏嘘成为他成长过程中最为日常的日常，除了封闭与蛰伏小丁找不到更好的策略。关于漫漫人生何去何从压得他原本脆弱的躯体日益不堪。虽然社区给他办了低保，逢年过节都会送米面油，让他感觉到党和国家的温暖，但人类作为高级动物不会局限于只是单纯的活着，还需要欢笑、友谊、鲜花、梦想、诗歌与爱情。

那个仲夏的夜有些微凉，小丁滚动着相伴多年的手动轮椅来到吴席二洲的河滩，圣莲岛初具雏形，游轮行驶过观音湖荡开粼粼水光，他甚至听见那"圣水莲花"女子清音组合正在游轮演艺厅演唱《小放风筝》，眼前水天一色，隐约空灵的清音，幻想出的曼妙女子都反衬作自己的卑微与无望，小丁咬牙驱动着轮椅往湖边驶去，他想结束在这迷人的景别之中。就在这时，一只纤细手拍了拍他的肩膀，小丁回头，看见身后的一位小姐姐那张含着微笑的美丽的脸，她说："你干吗呢，危险。"

小丁呆住了，他怀疑这就是传说中天使的样子，不单是好看，眼神中的那份关爱与慈悲居然与社区赵大妈如出一辙。小姐姐笑了笑，望着远方说："人生如果有艰辛，那么也说明有幸福，就像如果你相信这个世界有魔鬼，那么就必然有上帝。"小丁能感觉到内心有什么东西释放了，一阵微风吹过，他闻见了小姐姐指尖与口中飘散出一种神秘的香气，夹杂着蛋白质、香料、烈火、悲悯与爱情的味道。小姐姐再次拍了拍小丁的肩说了声："再见"便转身离开。小丁失神地望着小姐姐远去的背影，任由其消失于夜色中，他从那种香味中渐渐苏醒，并神奇地站起来，从这天起他告别了轮椅，用踉踉跄跄的步伐在这座城市寻找着女孩。

差不多三个月后，小丁经过凯丽滨江二期的"发明油焖大虾"，从店内飘出一股早已铭刻在他心底的香味，小丁流下了喜极而泣的泪水，原来，小姐姐指尖与口里的味道就是发明油焖大虾的味道。小丁将自己的经历告诉了虾姐，虾姐说店里过往的年轻女孩太多，小丁仅有的线索辨识度太低，可能帮不上忙，但是她可以请他吃一份油焖大虾。

小丁望着那一盘红彤彤油亮亮的小龙虾觉得这就是火热生活的完美侧写，每一次对虾黄的吮吸，对虾肉的咀嚼，都像一次庄严的祈祷。他拒绝使用一次性手套，因为指尖剥开每一只卷曲的小龙虾都像一次对小姐姐的轻抚，他知道她有一天会回来，于是向虾姐说希望能留在店里当一个跑堂或者清洁工，虾姐反复斟酌觉得店里的工作他不好胜任，便真诚的建议他来店里卖花。因为那些酒性正酣的男人觊觎同桌某个女人时不太会在乎花一点小钱来展示自己的慷慨。

小丁心悦诚服地接受了虾姐的建议，从此走上了卖花之路。他没有料到那些黄角兰、栀子花或者玫瑰会让他年收入十万加。时到今日，小丁依然没有等到小姐姐的出现，但那个执念全无消磨，发明油焖大虾于小丁早已不是一道舌尖的美味，而是一份关于守望与爱情的饕餮盛宴，只有小丁知道其中快乐的奥义。偶尔在售卖之后小丁会为顾客朗诵一首诗歌：

　　人生如果有艰辛
　　那么也说明有幸福
　　就像如果你相信这个世界有魔鬼
　　那么就必然有上帝

　　每一次虾姐听到小丁朗诵总感似曾相识，因为这其实一直也是她的人生信条，她记得发明油焖大虾刚开张那几天天天喝断片，自己好像给谁说过这句话。

　　目前为止，这个故事是不完整的。因为故事主角虾姐的故事还没有正式开始，这两个工具人只是虾姐传的一部分。

　　不止一次，在堆满虾壳的微醺中，虾姐感叹人生，她说自己命里注定就是一个餐饮人。虾姐十四五的时候便开始接触餐饮，因为她的隔房三叔在街市花园经营帐篷火锅，寒暑假或者周末虾姐便去勤工俭学。帐篷火锅在九十年代中期在遂宁非常盛行，从南转盘到皇冠灯，但凡有开阔一点的街面，在暮色初临的黄昏，火锅经营者踩着三轮车拖着搭架棚子的钢管、篷布、气罐、锅碗瓢盆以及食材，来到给市政管理部门交过少许规费的地点，开始一天的营生。当年聚苯稀还没有普及，所以篷布就是的确良一类的纺织品，大概想映射吃火锅红红火火的语境，全城帐篷火锅的从业者都不约而同地选用大红色，使得夜晚的整个城市质朴而喜庆。

三叔是重庆人，喜欢抽软朝喝重啤。据说他是跑路来到遂宁的，因为三叔在一家火锅店帮厨时用大号锅铲打了一个要放小葱、香菜与蚝油的成都客人，到遂宁做火锅不仅是为了糊口也是希望在四川打开局面，确立与传播关于重庆火锅的终极秩序。其实遂宁人的饮食习惯介于两座城市之间，所以只有部分人接受了三叔的建议，生意时好时坏。少女虾姐很快发现了这种态度与方式非常违背人性，她告诉三叔，无论咱家的火锅再香，食材再鲜，分量再足，不许顾客放小葱或蚝油也是错误的。就像旧社会的包办婚姻，你以为是完美姻缘，当事双方却苦不堪言。每个人对于爱的理解肯定有细小差别，对于能刺激体内苯巴安的诱因也不尽相同。多少狗血与不幸都是这样强迫下发生的。三叔听后溜下了两行泪水，他说他就是包办婚姻的受害者，虾姐说喝二妹，你婚都没结怎么受害？三叔说他与一个女孩相爱多年，但最后女孩却迫于家庭的压力嫁给了别人，那天他打那个要加葱花与蚝油的成都人就是女孩出嫁的日子。

这是少女虾姐第一次感悟到美食与人类情感之间奇妙的关联，尽管她的世界此时简单而纯粹。也许出于物种的本能，也许是琼瑶阿姨的《水云间》或者《梅花烙》，让虾姐有了与她年龄不相匹配的哲思。她觉得味蕾上的执念与情感的纠葛本身是一致，目的只有一个，生存与繁衍。造物主的设定，众生是无法违逆的。

但是大家知道，重庆人对于火锅的程序正义表现出近乎偏执的状态，所以，多年来真正将火锅发展壮大的还是一群成都人，因为他们更懂得变通、逢迎与经商之道。三叔虽然觉得虾姐的观点没有毛病，但他绝不允许自己为了一己私利给重庆火锅抹黑，虾姐权宜后，就将小葱香菜列入素菜目录，蚝油列入饮品目录，并明文表示这两道菜与该饮品永久性赠送，从而解决了这个长时间困扰重庆火锅人的老大难问题。后来占道经营被禁止，三叔就在遂州商场开了家火锅城，生意日渐兴旺。2002年虾姐大专毕业，学习的工商管理，多年来火锅文化的浸淫使得她早已立志投身于此，用学到的专业在餐饮界大展拳脚。洽值毕业之际，校方组织了一次自费出国研学活动，地点有欧洲与美国，三叔知道后主动资助，算是发放这些年虾姐为火锅店作出贡献的福利。虾姐认为出去看看也不错，便欣然接受，由于好莱坞迪士尼等文化入侵，在那个时代对于年轻一代影响深远，虾姐便选择了美国。正是这个选择，从某种意义上奠定了虾姐的大虾之路。

那个春光灿烂的五月，虾姐游历了纽约州、宾夕法尼亚州、密苏里州，最后一站来到了路易斯安那州。这里不说自由女神、大都会博物馆、华尔街，不说朗伍德公园、《独立宣言》或者马克·吐温，我们只说小龙虾。

在距离新奥尔良市区几十公里的一个小镇，当地居民正在举办一年一度的小龙虾节。他们穿着节日的盛装，在一个农庄的草坪上架着数口巨大的不锈钢汤锅，这种红色的虾子在混有蘑菇、土豆与玉米的沸水中被慢慢翻滚搅动，然后放入卡疆粉，起锅前以大蒜与柠檬汁提味，几十米的餐桌上被密密麻麻的炫亮的红色所攻占，人们围站两边，就着啤酒或者可乐大快朵颐。露天舞台上几个墨镜大叔忘情地演奏着传统爵士乐，当然，他们是轮换着演奏的，换班的流着哈喇子飞身下台投身于食客当中。

　　这是虾姐第一次见识到小龙虾。她当时以为这是一种海洋生物，墨西哥湾的洋流将它们带到了路易斯安那州人民的餐桌上，原本的繁衍之路成了死亡之旅。虾姐由衷的哀思很快被空气中弥漫的浓香所取代，她手起壳脱，将一粒肥硕的虾仁送入口中，鲜嫩肉质本身的甜香在卡疆粉里的塔巴斯科那些胡椒、芹菜粉、月桂叶、姜粉、芥末籽与盐的渗透下，变成了一道当之无愧的美食。多年后，虾姐对于自己第一次吃小龙虾时的感受仍记忆犹新，十几只下肚后，她总觉得少了点什么，毕竟对于一张吃惯了重庆火锅的嘴来说，这种烹饪方法是不太可能满足的。无论这套食谱来自原住的印第安人还是后来的法国殖民者，或者是最后贱买下这块土地的所谓美国人，虾姐在满足了猎奇心之后，更多是保持对于异邦文化的尊重。她凝望着堆积如山的小龙虾，想起了多年前三叔摆在遂宁街市花园的帐篷火锅，那火红的帐篷火红的牛油锅是无尽的乡愁。

　　就在这时，虾姐听见旁边一个小伙用英文低声哼唱着一首熟悉的旋律，她抬头望去，目光恰好与对方对视。这个亚洲人模样的青年一头蓬松的长发，青色的络腮胡明显疏于打理，但挡不住俊朗的五官。虾姐有一丝心动，但有着多年前厅经验、很懂与陌生人如何缓解尴尬的她立刻笑着点了点头，用生涩的英文问："What song is this?"（这是什么歌？）

　　"jambalaya.（什锦菜）"青年也报之一笑回答道。

　　虾姐听得有些蒙，但依旧友好地点了点头说："thank you."继而低声自嘲道："好丢脸。"

青年一愣，笑道："你是从四川来的?"

"对，四川来的。"虾姐也听出青年的口音，"你湖北的?"

"我湖北潜江。"

两个故乡相距不算太远，年龄相仿，口音接近的青年人就这样在 2002 年的美国路易斯安那州的乡间相遇了，在那个被亚热带湿润的季风吹拂过脸庞的三个小时午餐时光里，虾姐第一次知道了关于小龙虾的前世今生，以及眼前湖北小伙与这种生物的故事。

小伙告诉虾姐，小龙虾学名克氏原螯虾，是一种淡水生物。最早分布在墨西哥北部与美国南部。主要生活在溪流与沼泽之中，随着人类对于栖息地的侵略，它们也与时俱进进化出适应池塘与稻田的生存策略。大概是因为美国这两百多年的迅猛发展，使得世人习惯称其为"美国小龙虾"。差不多一百年前，小龙虾由日本传入中国，对于传言是日本侵略者打算用小龙虾消减我中华粮食产量的说法小伙保持了克制态度，毕竟这种生化武器的现实主观能动性极其有限。小龙虾在中国百年历史中一直扮演着不太光鲜的角色，长久以来被视为稻田害虫一种，它不仅喜欢打洞还以稻为食，并且形象在以和为贵的农耕民族眼中多少有些狰狞。虽然那些青黄不接的岁月很多人私下都吃过这种生物，但当时普遍都是包含着对美帝的仇恨吃的。直到 20 世纪初，欧美国家对于小龙虾的需求激增，且长江中下游地区又很适合小龙虾生长，于是开始了大规模养殖——史称稻虾连作，也就是种一季的稻，养一季的虾。起初，有部分人认为是国际主义爱心人士为了帮扶发展中国家的人民尽快实现小康的义举，即为国人创了外汇还为民除害。但很快有识之士便拆穿了帝国主义的伪装，因为他们知道这种生物肉质鲜美，甚至拿清水煮熟就很好吃。此时改革开放已初见成效，人民生活水平得到了较大改善，大家不再满足对于这种美妙食材烹饪方式，开始了各种研究与尝试，直到1993年江苏盱眙一家餐饮店推出了里程碑式的"十三香小龙虾"，由此拉开了中国小龙虾餐桌斗艳的序幕。

"这么说，当今中国的小龙虾在江苏？"虾姐忍不住发问了。

湖北小伙眼神中闪出一道光亮，摇摇头道："这个问题见仁见智"，他顿了顿，用一种笃定的语气说："但我认为，中国的小龙虾，或许现在，或许不久的将来，必将在湖北，在潜江。"

"为什么？"虾姐有些诧异，对于湖北潜江她一无所知。

"因为你没去过潜江周矶镇五七大道，你没吃过小李子大排档的油焖大虾。"湖北小伙提起一只虾置于掌中，用大拇指抚摸着虾身，像一个虔诚的佛教徒在盘搓念珠。那里面包含着不仅是一粒白如玉嫩如脂的虾仁，还有无数关于生命的哲思。

面对虾姐的疑惑，小伙继续讲道，前几年湖北小龙虾养殖基地大概已过百万亩，成为中国小龙虾产量最高的省份，有时会因为冷链问题或者国际形势导致虾子滞销，当地有时小龙虾价格只有几毛钱一斤。小伙的父亲是潜江一名鄂菜师傅，在当地德艺双馨颇有盛名，自此吃过"十三香小龙虾"，加上如此低廉上乘的食材，渐渐有了将小龙虾融入鄂菜的想法。鄂菜原本以淡水河鲜见长，口味上突出一个"清"字，清蒸、清炖、清炒，讲究热、嫩、清、鲜、焖、卤、酱，咸甜适中兼南北味之所长。通过几年不断尝试，父亲研发了一系列烹饪方式，也收获了不少好评。令他始料未及的是 1998 年五七大道上的一家叫"小李子油焖大虾"店声名鹊起，短短几年便火爆两省，荆州、沙市、监利、武汉等地的客人驱车上百公里只为一盘"油焖大虾"。父亲自此结下了一个解不开的心结，脾性一度消沉，对于小龙虾的鄂菜之路再也没有兴趣。

"老爷子这样是不是太没肚量了？"虾姐破口而出后又歉意地笑了笑。

小伙并不介意虾姐的质疑，他叹了口气解释道，他父亲并非妒忌"小李子"的名利双收，他不能接受有三点：第一，研究出"油焖大虾"的李代军并不是真正意义上的厨师，他只负责经营，而主厨其实是他的爱人。李代军酷爱垂钓，潜江沟河水域有大量小龙虾，由于吃不完，李代军有一次突发奇想其放入当时他店上一道很畅销的"油焖子鸡"中，没想到意外发现如此好吃；第二，让父亲痛心疾首的是这道菜压根就不是鄂菜，令其真正成为爆款的诱因是"小李子"大排档毗邻的厂矿企业里大部分都是四川人，李代军为了市场，为了那一张张吃过火锅的嘴寻找到归属，导致它最后的属性无疑偏向了四川重庆的麻辣而鲜有鄂菜的精髓；第三，也是至关重要的，父亲觉得自己因鄂菜有了今日之地位与幸福的生活，他欠鄂菜一个交代。而且父亲吃过"油焖大虾"之后竟然无话可说，那些虾仁裹挟着汁水入口后舌尖的美妙好吃到令他崩溃。

终于，父亲想到了小龙虾的发源地——美国，他希望能在这片每年消耗几千万公斤的土地上找到小龙虾最伟大的奥义——它们到底应该为什么样的烹饪方式英勇就义。由于三次被拒签，父亲只好放弃赴美念头，委派儿子飞越千山万水为自己解密。

"你找到了吗?"虾姐觉得这不仅是一个关于小龙虾关于湖北潜江的故事，还是一种坚持与信仰的东西掺杂其中。

"我想我找到了。"小伙笑了笑道，剥开了手中的小龙虾，洁白的虾仁在阳光下闪烁着玉石的温润剔透，他说，到美国的一个来月他从缅因州吃到路易斯安那州，参加了十几场各地举办的小龙虾节，他明白了一个道理，一种食材的归属终会根据人民的文化、区域、习惯拥有属于它的剧本。可能剧本雏形只是一句玩笑或者某种偶然。宇宙的第一场大爆炸，没有任何意图，从而有了这大千世界。李代军的"油焖大虾"也是一次没有意图的偶然，它刚好触碰到了那个引爆点，于是便成就了这道菜。小伙将虾仁塞入口中，表情酷似德芙巧克力电视广告的俊男美女的陶醉，他说："就像爱情，很多时候也是偶然，那个偶然，可能就会成为一段不朽的传奇。"

虾姐侧目注视小伙，她觉得有什么东西在她心中飞扬起来，和煦的阳光，新鲜的空气，泥土青草与美食的香气在周遭的祥和与欢声笑语中消融了人间的重重阻碍。

欢乐的时光终是短暂，临别之际，小伙撕下一页笔记本给虾姐留下了联系方式，并恳请虾姐有时间去潜江，他会带她吃湖北最正宗的油焖小龙虾。虾姐点头说她一定赴约，一定尝尝这道神奇的菜肴。小伙将虾姐送到大巴车上，虾姐突然想起刚才小伙哼唱的歌曲，她再次问小伙："你刚才哼的是什么歌? 好熟悉。"

小伙笑道："这是卡朋特乐队的《什锦菜》，里面有一句歌词关 于 小 龙 虾——Jambalaya and a crawfish pie and fillet gumbo

（有什锦菜、小龙虾派、秋葵加肉片。）For tonight I'm gonna see my cherami-o！（因为今晚我将见到我的爱人！）挺应景。你熟悉大概是因为听《情深深雨蒙蒙》里的小燕子唱过，名字叫《小冤家》。"

多年后，《什锦菜》成了虾姐卡拉 OK 必点曲目，但因为没有播放源，大多数时候都是以小燕子版替代，遂宁餐饮界能唱英文歌的不多，虾姐算一个。据一个留美多年的朋友说虾姐发声已经是相当地道的路易斯安那州口音。我不知道她是以什么方式学习的，这不重要，我相信促使她去学习的原因——很可能是因为她在回国安检时将留有湖北小伙的联系方式遗失了，以此缅怀这一场异邦的愉快邂逅。

这年的十月，虾姐前往了潜江，那几天潜江烟雨蒙蒙，大街小巷都浸湿在一片灰青的色彩之中。她找到了小伙所述说的那间大排档，店堂内灯火辉煌人头攒动，与外面的世界形成了强烈的对比。虾姐终于吃到了几个月来朝思暮想的油焖大虾。那些小龙虾被去掉头颅取出虾囊，剪掉了容易扎嘴的小足，拧掉三片虾尾中间的一片抽出虾线，它们保持着临终时身体的自然卷曲，第一次过油的吱吱声便是人类送给它们的安魂曲，在酱料中的翻滚旋转更像远征前的仪仗。虾姐一只一只吃着，感受到命运的无常与生命的可贵，她爱上了这种味道，爱上了这种生物。

虾姐知道，潜江还有一个唯美的名字叫云梦泽。历代文人墨客都被这里的气象所吸引与感动，比起孟浩然的"气蒸云梦泽，波撼岳阳楼"，她更喜欢李峤的"断蛟云梦泽，希为识归途"，因为这句诗，好像跨越千年，就是写给这些来自美洲大陆的可爱物种，它们肯定早已忘记归途，与这座古老的城市共同休养生息，共同创造着历史与传奇。

此后每年，虾姐都会来一两次潜江，她将这里视为自己心灵的朝圣之地。她吃遍了潜江所有的油焖小龙虾，小李子、虾皇、味道工厂……渐渐地她开始尝试着自己烹饪小龙虾。三叔在吃过虾姐做出的小龙虾之后整个人都和善了，竟然同意了将香菜葱花与蚝油从菜单上免除，直接作为调味供应，看那些把毛肚或腰片倒入锅里长煮的客人，也不再目露凶光，而是岁月静好的宽容与柔和。

2010年，虾姐毅然决然从三叔火锅店退出，在凯丽滨江二期的侧街上，开了一家油焖大虾夜啤酒店。如今她已经是两个孩子的母亲，老公亦从事餐饮行业。在遂宁区域开了几家油焖大虾店，同时也涉足海鲜、中餐与汤锅，事业可谓蒸蒸日上。

本文到此，基本告一段落。关于虾姐的家庭生活，笔者一笔带过，因为这不是一个家长里短的故事，而是虾姐与小龙虾的故事。

去年船山新联会开年会，我喝得有点高，于是问一桌的虾姐，关于湖北小伙的失联，内心有没有遗憾，虾姐摇摇头说，也许这个人压根就是幻觉，也许只是冥冥中牵引我结缘小龙虾的一个奇迹。我对她避实就虚的说法很不以为然，借着酒劲问了多年困扰我的一个问题："为什么叫发明油焖大虾呢？什么意思呢？"

虾姐想了想说："发是发现的发，明是明天的明——发现明天，总有希望。"

再来半打冰嘉

那天晚上，旗云喝得有些高，从 KTV 包间的唱台扭下来，一瘸一拐回到卡座，又干了两扎黑啤，大家说差不多该闪了，她站起，又摔回沙发，脱下高帮靴，发现左脚脚踝肿得厉害，雷傲二话没说，背起旗云直奔医院。我跟在后面，觉得一个一百一十斤的男人吃力背着一个一百三十多斤的女人，场面挺感人。

在急诊室，旗云哭得稀里哗啦，雷傲就把自己瘦得能看见锁骨的脖子借给旗云挂着，他的双眼透过旗云深褐色凌乱的头发望着天花板上灿白的日光灯，感觉十分享受。他一只手轻抚那片厚实的背脊，一只手撑在椅沿保持身体平衡，像一个有着崇高理想一心取义的殉道者。

半夜的急诊对于这类轻微病患一般都是套路，照照片、捏两下，发包消炎药，明天专科请早，雷傲主动提出送旗云回家。我望着远去的出租车，觉得那个二月的午夜月色异常凄迷。

过了十几天，旗云满血复活，邀约大家吃了一顿践行酒，说第二天要回三亚了。现在人的友谊中，早已没有所谓的伤别离的情怀，只为了买醉找一个借口。吃完饭 K 歌，旗云与雷傲深情演绎了好几首对唱，连《痴心爱人》都不放过。我喝着啤酒，闻见了空气中淡淡腥咸的海风味道。

雷傲应该喝高了，在弥留之际，依然帮旗云挡了两个吹瓶子。

第二天，雷傲开车送旗云到重庆赶机，一不留神，补了一张去三亚的机票，硬生生地当了一回人肉速递。

当天半夜雷傲打电话给我，我说你现在还有时间给我电话说明了很多问题，他说凤凰岛这个酒店确实不错，可以泡在阳台上的露天浴缸里看星星。我说你现在该去数一数天上的星星，每一颗都代表你的一丝烦恼。他说你错了，我没有烦恼，有的是一种欣喜与憧憬。我说无论你是什么样的心境我都佩服你，至少你胆子发育得非常强壮。他说我怕什么，一个恋爱的人怕什么。我说雷大哥你玩真的啊？他想了想说不是玩真的，是真的。我说好吧，真的，洗洗睡吧。

我躺在床上点起了一支烟，思绪越过窗户，一路向南，在靠近月亮的地方窥视着这片美丽的海滨。一个城市，两张床，三个人，那个中年男人应该已经熟睡，剩下旗云与雷傲睁大着双眼，任由思绪在漆黑的夜空飘荡。

我不知道这个夜对于他们来说是否漫长，当爱上的人还躺在别人的怀里销魂，那样的近在咫尺，却无能为力，算不算一种苦难。而明明爱上一个人，自己却在惯性的驱使下，被另一个人占有，这又算不算一种炼狱。

我一直相信这世界是有异性闺蜜这种生物存在的，只是比例很少而已。原本以为他们将是一对，可是，赤裸裸的事实，让我再次唏嘘，异性闺蜜在彼此的情感世界受到摧残与打击时，很难不逾越友谊的界限。

旗云与雷傲的相识，应该能够追索到十几年前的九月某天，在川北教育学院的一间教室里，彼此生命有了第一次交替。

旗云没有说陌上谁家少年，足风流。雷傲也没说有美人兮，见之不忘。就那样，从理论上认识了。

由于颜值有限追求全无，雷傲除了混完每一节课，就全心扑在网游上，那时网游还没现在恶心，充个会员加上勤奋还能有所建树，所以他用省下来的馒头小炒钱，当了一个小行会的会长，游历江湖还有几分薄面。三年下来他基本叫不完全班上女生的名字。

旗云是个一点都不难看的女孩，她当时还没有意识到上帝赐予一个女人美貌，可以转换成有形资产，甚至都还不太能认识到自己的好看。每天面对各种示好求爱，像一个六根清净的方丈，抱着一推书籍，追随张爱玲或者撒切尔夫人，立志做一个学业有成的独立女性。

三年，他俩对于彼此的记忆，只有一张 32 开的彩色照片能够见证。

大约过了两三年，他俩在火车上邂逅了，那一辆开往成都的普快，将不相干的男女再一次囚禁在一个狭小的空间里，共同的学校、教室、老师、同学，共同的食堂老王、副食店张大妈、保安陈瞎子，信息得到有效交流，情感得到无忌抒发，在那个庞大喧嚣的都市，他俩第一次坐在春熙路王梅串串喝掉了一件雪花啤酒。

　　此时，旗云刚到成都一家商贸公司上班，还没男朋友。雷傲则在父亲的建筑工地上打工，有一个女朋友。他俩留下手机号，加了QQ，一路向前，开始了他们的闺蜜之路。

　　什么是异性闺蜜？

　　从宽泛意义上解读，就是可以分享情感、性等隐私的，女闺可以肆无忌惮咬男闺的胸大肌，男闺可以直言不讳买春心得，女闺失意可以抱着男闺痛哭流涕，男闺可以将女友堕胎这类艰巨事务托付女闺打理。诸如此类。反正什么乌七八糟的事情都可以去分享，而睡在一张床上也没有什么反应。

　　老实话，我觉得这其实是挺反人类的一种男女关系。

　　十来天后，雷傲回来了，风尘仆仆直奔我面前，摔出一张平面图道："三五，我要开家酒吧，来帮我参详参详。"

　　我瞄了一眼他老妈那张房产证复印的平面图说："什么风格？"

　　他翻开手机，一大堆酒吧图片跃然眼前，从丽江到巴黎，从史前到三体，配以心得与憧憬，使我觉得这个地方，落成后将成为本市社会主义现代化建设的一个地标性建筑。

　　我说我的意思是你这出戏演的是什么风格，他沉浸在自己的遐想中，对我的话若罔闻，他问到底如何，我说什么如何，他说酒吧啊，你看我开这间酒吧如何。我说不如何，有钱，你想开天眼都没有问题。

　　雷傲有意无意解开衬衣扣子，露出苍白的胸膛与一串绿玉挂珠，这串挂珠一直守护着旗云白嫩的胸脯多年，乍然出现，令我一个激灵。我叹了口气说你这个动作，相当说明问题。他也叹了口气说，什么问题在真爱的面前都不是问题。我说对，这种语境之下，就算是说谎话，都是走了心的。他叫我入股，我拒绝了，他问我是不是不看好这个生意，我摇摇头说，这个根本不是一个生意，是一份爱情宣言。

雷傲一脸满足的憨笑，像一个成年的唐氏婴儿，他说："是的，三哥，快则两三月，慢则三四月，旗云就会回来。到时差不多酒吧装修结束她来经营。"

我说："雷大哥您想明白了，如果旗云一时半会回来不了，你会不会去经管一个小酒馆？凭我目测，从你俩情窦初开到木已成舟前后就是一个月，她跟她海南的男朋友最少也是七八年了，其中恩怨不说罄竹难书，也算千丝万缕，那是能说了就了的吗？"

他说："三，你不懂，爱情，说来就来，不会论资排辈，封建王朝统治中国几千年，变民主共和也就是几十年，任何试图阻挡其前进的都叫螳臂当车自不量力。"

多年来，我第一次看见雷傲如此棱角分明，振振有词，那份大义凛然给人一种想大喝一声"来人啦，拉出去毙了"的既视感。我说："行，那就剪了辫子反他个娘的。"

我是先认识雷傲的。十来年前我在他爹公司揽点小工程糊口，心里想搞好老总子女关系，说不定还搞好了未来老总的关系。很显然，我失算了，这家伙全然没有雷大总的工作基因。虽然不豪赌不沾毒，低调地拈花惹草，但最大爱好就是网游、血战、喝啤酒。

有两个汉字可以精准概括他的生命，那就是"平庸"。

旗云我是某一个酒局上认识的，那时风华正茂的她还持有一副苗条的身段，皮肤水嫩白皙，五官清秀雅致，往人群里一坐，你就会多看几眼。当时我并不知道她与雷傲的亲密关系，直到雷傲结婚，我们坐了一桌，才感叹这个城市确实只有斗那么大个城。

旗云喝酒相当豪爽，除了白酒，红黄不论。行拳猜盅一样不怵蹶子，战斗力也极其强悍，我清晰地记得那天，她还没等到新人敬酒就有些高了，勾兑一大杯"百事可乐"叫雷傲喝下，搂着新郎新娘的脖子说："妹子，雷傲欺负你给姐说，看我不弄死他。"

新娘一脸堆笑，满眼的窘迫，望着老公的女闺蜜一个劲地点头。

之所以没报新娘大名，是这对鸳鸯不到一年就变劳燕了。女孩是他父亲朋友的朋友的女儿，在家长的撮合与压力之下，他俩不咸不淡地谈了一年多对象，我多次从雷傲嘴里听到他对这个患有严重公主病的女孩嗤之以鼻。虽然他自己可能也是一个严重的王子病患者。这个比雷傲小四岁的女孩，可能从来就没有走进他的世界，或者，雷傲也从来没有走进过她的世界。

二十七岁的雷傲又单身了，而旗云也迁徙到了三亚，开始了一段漫长狗血且痛并快乐的爱情。

原因是旗云就职的那家成都商贸公司有一桩民事诉讼案，地点在三亚。她陪主管领导与律师过去打官司。认识了法院执行庭的宝来，宝来是福建人，四十来岁，与同是政法部门的老婆分居两地，对旗云发出了猛烈的攻势，大约半年后，旗云收拾行囊去了三亚。

记忆中她干过无数企业，一会儿做电脑耗材，一会儿在五星酒店当会计，一会儿同山东人同外国人做生意。无论她做什么，我唯一能看出来的，她卡上的闲钱是相当宽松的。

其实，这种爱情就像一场轰轰烈烈的造反，成王败寇，根本就没有绝对的对错。你功成名就面南背北万人称颂，你功亏一篑血溅午门便遗臭万年。否则，这个世界将少很多被人唾弃与传颂的爱情段子。

关键看你是不是这部戏的主角。

无论俗称"二奶"还是"小三"，从我对于旗云的认知，这个身份是与她不相匹配的。她性情刚烈脾气火辣，带有极强的攻击性女性是扮演不好这个角色的，后来渐渐明白，无论什么样的女人，一旦沦陷，总会孤注一掷，那个男人，无论是不是前方的那片梅林，她都会被爱的惯性推着往前走，直到某个临界点的出现。

雷傲告诉我他就是这个临界点。他们彼此走过的那些人生歧途，就是为了今天相聚。上帝安排他们成为闺蜜，让他们明白因果，才看清前世今生，下半生的牵手，只是为了那刻在白发的晨曦中双双死去。

我叫他打住，你今年三十好几的人还说这种话不害臊吗？他说你还记得初恋的感觉吗？我说我几个初恋的小孩都该初恋了我哪还能记得。他说我现在就是初恋的感觉。我说旗云也初恋了？雷傲说感情是相互的，既然我是这种感觉她也会是这种感觉。我说那她男票现在爱不爱她？如果爱她，他俩的爱是不是相互的？她该爱他还是爱你？雷傲说为什么你就不希望我们有情人终成眷属呢。我说正是因为我想你们终成眷属才希望你能把事情先弄明白了，他说三哥，这世界上有谁是把这事整明白了的呢？整明白的那还叫人吗？

雷傲说得没错，很多时候，人们总希望把"爱"想通透了才去实施，但是天下却没有一个人能真正计算出它运行的轨迹。

差不多又过了两个月，雷傲飞了一次三亚，回来后斩钉截铁跑来说帮他设计的事，我说事情办妥帖了？他说妥了，都妥了，应该这个月就荣归故里了。我说不信，他拨通旗云的电话按了免提要我通话，我说云妹你真打算回来开酒吧？旗云打着哈哈说真的，都给你预计了一个充值一万的会员卡了。我说啊啊啊怎么电流声这么大就退出了交流。

于是，我针对雷傲老娘盐关街的那两百多平方米的门店进行了评估，口岸算不得绝佳，基本也凑合，整体结构也适合酒吧规划，大致帮他做了个统筹，比如：总投入多少，座次多少，保底销售多少……他眨巴着一双单眼皮诚恳地听我说完表示非常不错。然后跑到一边打了半个小时电话，欢天喜地回来说："过几天旗云就回来了，到时咱们再当面合计合计。"那神情很像七巧节前夜的牛郎。

两天后，雷傲以考察为由拉着我上成都，其实是想第二天中午接旗云的机。晚上我们在芳邻路换了三个场子，喝了五六打啤酒，雷傲讲了一大堆关于旗云的人生经历，没有什么新意，比如那个老男人如何将离婚的期限一次推一次，比如，男人正房如何在旗云小区与她争吵，比如旗云为这个男人宫外孕命悬一线……我说雷哥这些陈芝麻烂事我不想知道，我想知道你下一步是怎么打算的。雷傲说我没有打算，把酒吧开上再说吧。我爱她，我就想天天看见她。

第二天上午我赖在酒店没有去双流，中午雷傲带着旗云黏黏糊糊出现在新良酒店大厅，我以为是一对蜜月出门的夫妻。雷傲提出继续在成都考察酒吧文化，我严词拒绝了。我说当一群男女以朋友方式厮混多年，如果突然冒出一对恋人，多少会让周围的人不太适应。旗云说，得了吧三五哥，这些年我们也没少给你打掩护。我说不开玩笑，你们多转悠一下，顺便看看道具饰品，我就不奉陪了。

这一次成都考察持续了十多天，足迹涉及周边好几个著名景点，我能够想象两个不再年少的男女一路欢歌笑语，将人间的欢愉撒在太古里、三圣乡、古镇里，以及一张张洁白的双人床上。

雷傲一定热情洋溢地规划过两人的未来，他的简单直接一定令旗云感受到可能早已遗忘的激情。这个毫无保留甚至显得幼稚的男人，使得旗云惊诧地发现，这个与自己多年的闺蜜原来如此值得自己去爱。

待二人结束考察，酒吧设计方案基本成型。这是我平生第一次与旗云讨论关于工作的事情，在盐关东街酒吧选址不远的一家茶楼里，我们就众多经营环节做了全方位探讨，从她思考的各种细节来看，旗云绝不是一时心血来潮，肯定是花了大心思研究的。

　　我依然记得那个五月的下午，天空飘着雨，气温有些阴冷，雷傲躺在隔坐的卡包沙发上玩着王者荣耀，后来打起了鼾。

　　谈论完方案，旗云问我预计什么时候能进场装修，我说施工图做完大概需要十几天，装修时间一个半月。旗云说差不多，争取暑假前正式开张。我说海南那哥子知道你回来不？旗云点头说知道，我点了点头说，那就好，旗云想了想说三哥，其实宝来一直对我挺好，我说有时女人觉得归属比好坏更重要。旗云笑了笑扭头望了一眼睡态憨萌的雷傲，她说三哥，什么都是刚好，雷傲对我来说什么都是刚好。

　　我相信旗云所说的"刚好"。对于她来说，刚好心生倦意，刚好受伤，刚好这个多年男闺单身，刚好有了依靠，刚好彼此触电，刚好将友谊转换成爱情……

　　萧伯纳说这世界有两万人适合做你伴侣，可与你相爱的只有一个人。他说这句话的时候全世界只有 20 亿人，现在有 70 亿人，所以现在有七万个适合你，而只有那么一个人刚好在你刚好的时候出现。

　　时至今日，我无法判读，这所谓的刚好，对于雷傲是不是刚好？

　　施工图完善接近尾声时雷傲与旗云组织喝了场大酒，请了好些朋友，说是预祝酒吧生意兴隆，我看更像个订婚宴，他们公开了彼此恋爱关系的确立，坦白了非法同居的犯罪事实，组队一圈圈敬酒。我满心祝福看着大家朋友圈啪啪啪刷屏，相信旗云应该妥善处理了与宝来的关系，不然网络的世界的照片是最守不住秘密的叛徒。

那夜一群人群魔乱舞，后面不知道怎么，旗云喝得现场直播，从卫生间出来就躲在雷傲胸膛里佯作休息，雷傲温情地抚摸着她的头发，看着旁边两个杠上色盅的朋友相当开心。我那天还比较清醒，从旗云微微抽动的肩膀我知道她在偷偷啜泣，我怀疑她在想那个相处了七年的男人。

我不太清楚旗云与这个男人之间具体的故事，从旗云的吃穿用度，每年起码一次的世界漫游，前些年给父母的换房上看，这个男人至少在物质上是满足了她的。而这一切都不应该是一个理论上不超过副县干部所能负担的。对于那个素未谋面的宝来，我则在脑海中臆造出来一个中年发福的干部形象，戴眼镜，有点秃顶，喜欢穿鄂尔多斯或雅戈尔一类的正装。

我没有想到，几天后我能见到宝来。他残忍地否决了我的想象力，这个儒雅英俊的男人看上去比实际年龄小了许多，个人觉得，比雷傲，他俩看上去更像一对。

那天中午时，旗云打电话说宝来了，我说哦，她说他来看看我，我说哦，她说今天我得同宝来单独聊一聊，我说哦，她说三哥你知道雷傲有点愣，我说明白，他在哪？她说还在家呢，你给他打电话吧。

我反手约了雷傲下午牌局，他屁颠颠的就来了，玩到六点旗云来了，脸色阴郁却故作轻松地闷在沙发上玩手机。完场雷傲去买单，旗云悄悄给我说宝来晚上要赶回三亚，能不能帮忙联系个野出租，我说没问题，她想了想说三哥你还是帮我去送送他吧。我说行。

我在河东接到了宝来，我极力从那张礼貌温和的脸上找出旗云阴郁的由来却无功而返，他是接近十二点的飞机，野出租七点到，还有将近一个小时，我把他拉到一家中餐厅说吃点晚饭再走，他没有拒绝。

坐定后我与他有句没句地拉着，什么三亚很好、遂宁也还不错、这么匆忙不多玩两天一类的空话，自始至终话题都没有扯到旗云，只是在最后握手道别时他说："兄弟，有机会的话来玩，我在三亚的话一定好好接待你。旗云回来也还得多亏你们这帮朋友帮衬。"

也许是心理作用，我从宝来转身瞬间黯淡下来的眼神看出一个男人的失落，也对他好聚好散的大度肃然起敬。后来我明白了这句话的弦外之音，我觉得人生有因有果，没有谁能躲得过。

如果旗云与雷傲有情人终成眷属，这件事可能我早已忘记，我理解那些相恋多年分手的人们喜欢用仪式感来结束一段情感。算是对一场豪华赌局的完美卸官。那天之后，旗云停掉了之前三亚的手机，让雷傲用他身份证办理了一张电话卡。我以为这是对宝来的一种态度，分手即已必然，何不手气刀落全无一丝关系。而其实是两个身陷惊涛骇浪中的人无谓的挣扎。

有时我想起与这个一面之缘的男人那场浅薄的饭局，已经遥若隔世，他现在在某个地方以一种我不太理解的方式活着，此生，我们都不太可能相见。

差不多六月中旬酒吧正式启动装修，预计总投资八十万，硬装大概四十万，旗云雷傲各占百分之五十。在我的规劝之下，旗云与未来婆婆签署了一份为期十年的租房协议。当然雷妈妈并不知道这个女人可能会变成儿媳，她欢天喜地觉得儿子这么多年终于长醒了，知道找钱了。

我问雷傲什么时候家长见面，雷傲说旗云的意思等酒吧做上路了再说，我说这有什么关系呢，雷傲嘿嘿笑着说可能想拿一个火爆的企业作为见公婆的见面礼。我说那做不好这婚就可以不结了，他说三哥，这个你不操心，旗云没有问题，你现在只需要考虑如何帮我们把酒吧弄好就对了。

老实讲，我很早就从装修的泥沼中扒出来了，但拔出萝卜带出泥，十几年的标签贴上总有些朋友喊帮忙东弄弄西弄弄，而当你对一件事情以娱乐精神去干的时候，它就变得不再悲催与无聊了。

接近两个月紧锣密鼓的工作，酒吧硬装基本完成，旗云数次往返成都重庆，道具也都悉数到位，雷傲最大的快乐就是当一个全职司机，载着他的董事长在幸福的大道上奔驰。我从来没有见过雷傲对一个人如此言听计从，更除了游戏麻将之外如此认真地操办一件公事。

就我目测，他对这个酒吧唯一的建设性贡献就是取得那个叫"最真"的名字。解释很直白：最真的友情，最真的爱情，最真的酒。

我对这个中二的名字无言以对，但旗云盈盈一笑说三哥你总得让咱雷哥有点存在感不是。

大致在准备试营业的前几天的早上，旗云打了个电话给我，说她今天要回三亚去处理点急事，应该两三天就回来。让我敦促雷傲把什么音响投影网络弄好，还有催广告公司把招牌安装了，我说没问题，又问什么事这么急，旗云说没事没事就挂了。

中午我被雷傲拖到酒吧现场监工，闲得挠墙便拉了个朋友斗地主，玩到四点多雷傲微信响了，旗云发了一段语音过来说安全落地了，雷傲正挨了个五炸，咬着烟回了几个亲亲的表情说：哎呀，出错了，要上的。

晚上我们一起吃酒，雷傲给旗云打了几个电话都处于关机状态，他也没有多想，骂了一句"你没带充电宝吗"就全身心投入划拳翻牌的斗争当中去了。

第二天下午雷傲打来电话说旗云还没有开机，我说是不是手机有问题，雷傲说不可能现在出门在外没手机怎么活。我说可能昨晚同朋友喝醉了还没起来吧，你慌什么。雷傲说那就再等等看吧。到了晚上十一点多，雷傲打电话说旗云肯定出事了，该问的都问了，她爸妈亲戚以及所有朋友。我问联系宝来没有？雷傲说她爸妈联系过，也关机了。我说实在不行就报警吧。雷傲说报了，超过二十四小时了，但还是得去一趟。酒吧的事你帮我瞅着一点。我说行，你打算什么时候走，雷傲说，明天上午如果还联系不上，我晚上赶过去。

对于旗云的失联，我并没有往很坏的方向猜测，喝醉、手机摔坏或者遗失的可能也不是没有，还有，就是她的这次旅途本身就带着一点神秘的色彩，加上宝来的同时失联，我觉得二者之间肯定存在着必然的关联。我实在无法想象那个温和的男人会干出什么危及旗云人身安全的事来。

当然，我肯定无法想象，现实会揭晓这么一个戏剧且极端的答案出来。

　　那年的盛夏，三亚特别热，多月最高气温破历史纪录，三亚一度达到特重级别，小河断流，水库枯竭。雷傲与旗云的这场风风火火的爱情之花似乎也在烈日的蒸烤下凋敝。

　　我无法描述雷傲电话告知我旗云下落时的状态，我能从他缓慢的语速中听到一种痛心疾首的绝望，他当时应该站在宝来工作地点的大门外，湛蓝的天空中央悬着焦躁的烈日，他感到的却是来自八荒四野涌来的寒意，他说："宝来被双规了，看样子事不小，旗云是被纪委找去的，现在在什么地方都不知道，根本就见不了人。"我言不由衷地安慰了他几句说先回来再说吧，雷傲沉默了很长一段时间，就像一个沉入深海的氧气舱，黑暗与挤逼终于使得电话那头的男人不能自己，他突然用一种近似于哭腔的声音说："那是个什么地方三哥？你说那会是个什么地方？旗云怎么受得了？三哥你说旗云现在怎么受得了？"

　　他还没说完就挂掉了电话，最后一刻，我听见似乎雷傲呜呜地哭声。

　　雷傲又在三亚待了几天，希望能多打听一点消息，我想他也明白这种事情在程序没有走完之前，唯一能干的就是等待。他住在第一次送旗云去三亚时凤凰岛豪华的酒店里，他说他知道旗云就在这座城市的某处，这样，他总能离她近一点，如果可能，他希望旗云能感受到自己的存在，这样在那些惶恐的日子里心理会好受一点。

　　雷傲回来正赶上广告公司安装招牌，我与他蹲在人行道的绿荫下抽烟，他赤着背，低头注视胸前的那串绿玉挂珠晃晃悠悠吐出烟蒂，他偏头愣愣地看着排在地下的"最真"，猛地站起来，抓起这两个黄色的亚克力字摔了个稀巴烂。我拉住他问你娃抽啥风，他面无表情地说："换名字，之前旗云一直想取名0825，她说遂宁区号，好记上口，还有代表性。等她回来看见一定会很高兴。"

我想，旗云现在应该知道了酒吧更名为"0825"的事，可能在雷傲探望她时也看见了这个闪烁着霓虹的五彩店招，但要身临其境置身其中，却要等待六年。

六年，他们已过不惑之年。六年，这个酒吧还在不在？六年，那些情感是否已经纷飞湮灭？我实在不知道这份念想是美好还是残忍。

半年后，宝来因贪污受贿判处死缓，而旗云参与其中，作为同案犯，判处了六年有期徒刑。我不太愿意去深究他们今日之果的成因，但最为本文重要的环节我又无法回避。

宝来最初收受贿赂的时间基本吻合了旗云迁往三亚的时间，一个男人，如果精神上无法满足所爱的女人，那么唯一能够弥补的只有物质。旗云在后期充当了收受贿赂的中间人，这应该是宝来犯下最严重的错误，浸淫司法口子多年，他肯定知道这种行为一旦落实会有什么后果。当然我也不愿相信这是宝来为了胁迫旗云就范埋下的伏笔。在庭审过程中他对自己的犯罪事实并没有推诿。旗云决绝地与宝来分手，可能是导火索之一，因为之后他便歇斯底里地给老婆提出离婚，于是与旗云的情事被捅了出来，多米诺骨牌就此坍塌。当宝来嗅到了种种覆灭的征兆，到遂宁来与旗云见面，可能是为了串供，也可能是诀别前最后的纪念。

有时候，一些狗血的故事发生在身边时，你会惊讶地发现，现实的残酷原来离你如此之近。

如今两年多过去了，当你经过盐关街，会看见这家叫"0825"的小酒吧。如果你进去，会发现里面景致不坏，调性不差，在这个有着千年历史的川中小城，不失值得为其荒废一个微醺的夜晚。

当然，这不是雷傲的功劳。他开业便将酒吧一部分股份分给了几个姊妹，由她们全权打理。多数情况下，女人做酒吧算自带流量与皇冠，比男人要有优势得多。

如果可能，你可以看见一个坐在吧台上喝酒的精瘦的男人，嘬着一口口啤酒，在一提喝完时对服务生说："再来半打冰嘉。"

他们之间有过什么样的承诺、坚持与博弈我不知道。只知道雷傲隔一段时间都会去海南看看旗云，我从来不问细节，他也不多讲，只说一切挺好。逢年过节，他都会去看看旗云的父母，每月按时将店上分红打到他们的名下，包括压根就没有分红的时候。

雷傲说六年弹指一挥间，他会等着旗云出来。这个女人前半生命运不好，他会用后半生去为她弥补。我微笑点头，很难相信这个快消的时代，还能有两千个日夜的等候。

两年过去，我觉得雷傲守住了这份痴念，他单薄的身体蕴含着我之前不曾见过的力量。

有时我会去找雷傲喝酒。我俩习惯地坐在靠近演艺台的一张台旁，这张台桌中央有一株人造桃花树，粉色的繁花蔓延开去，将整个演艺台笼罩。那个叫阿木的歌手抱着一把吉他，唱着一首首原创的城市民谣，大概是关于情爱。听着听着就喝飘了，一束追光透过桃花花瓣印在雷傲清瘦斑驳的脸颊，总使我想起在天山南高峰等练霓裳的卓一航。

永世伴侣

　　他总是说，第一眼看见我就想要我，我笑。他说为了同我在一起，花了他一季的收入，我笑，想：一季的收入买了永恒，他划算。

　　那天黄昏下着小雨，天色暗淡，人潮匆忙，七彩绚美的雨伞像洒在灰色画布上的颜料，如梦似幻。

　　来到这座城市不及半小时，一路的颠簸，有点疲倦。老板迫不及待地让我开工，那个貌形猥琐的伙计趁着老板转背，咸猪手狠狠地在我胸乳间揉搓，暗自感叹："真要命。"

　　我看着天花板上的几盏银罩节能灯，心中有丝莫名的挫败，遇见这样的店员，日子自然不会舒心。

　　虽然，命运早已注定，但如此，依然是种污辱。

　　就在这时我看见了他。

　　他顶着公文包从店外走过，灰色的西服被雨水染的斑驳，蓝格领带依然工整，俊朗面庞在阴影下更显刚健，他目光从我脸上掠过，像只受惊的小兔，没有一丝的停待，消失在橱窗的一侧。

但他腮颊飞起的红晕没能逃过我的眼睛，可爱的男人。

天色被夜雨渐渐地蚕食，华灯初上，街头清冷。

过往的人们都用一种不可思议的目光偷窥着我，我知道，面对像我这样的惊艳尤物，他们定是百感交汇。

许多时候，太过完美的事物使人们产生不真实感，觉得拥有更是不可思议。人类其实就是这样错过了无数的缘分。

我的缘分，将是怎样的时间、地点、人物、事件呢？

如此的设问，宛如夜雨漫无边际的飘荡，在弥漫着寒凉的黑暗中成了唯一的暖流。

店里生意不太好，顾客三三两两，都是挑些小货。老板低声诅咒着这场不合时宜的雨，一脸阴沉。那伙计落得悠闲，不时在我左右晃荡，临近打烊，我听见他在我身后低语："今晚轮我值班，一定得试试你这高级货。"

除了厌恶唯剩沮丧，橱窗的玻璃隐隐约约映照着他那龌龊的脸，想必劫数难逃。

就在这时，橱窗外稍远处有一个人，撑着一把深色的伞，站在那，虽然齐胸以上埋掩于阴影中，但我知道是他。

那瞬，橱窗玻璃上的画面有些魔幻，两个男人，一个明亮中丑陋阴暗，一个阴暗中温情明亮，之间一个娇媚的女人，彼此在立体中交叉，平面上印现。解读着纷繁的情感世界中那许多的无以言语。

我能感受到他内心的众多情绪，惶惑、激动、羞怯、暧昧……其实，世上还有什么比异性间的需要更自然的事？

静静地凝视，四目穿透橱窗、黑暗以及霏霏细雨碰撞在一起，那火花就是抛开桎梏的力量之源。

他径直走进，到前台，对老板说："她，我要。"

收拾妥当，他执意自行带我回家。老板明显对此单毫无准备，心情愉悦，拿出一套粉绸内衣："这个您带上，算免除送货费的差价。"

这原本就是我的。他还笑着道谢，老板嘴甜："本来是装点用的，不过你算第一个买家，就送你了。如果还有其他需要，请来就是，给你折扣。"

"好的，那就谢谢了。"他脸又泛起红。

可爱的男人有时总是傻乎乎的。

他住城郊的一栋高层公寓，16 楼，60 平，三层按揭，刚装饰好入住，什么都是全新的，现在，包括我。

想想，没在店里过夜，不知算他好运，还是我的万幸。

他让我斜依在床头，自个盘脚坐于床中央，将灯盘所有灯打明，愣愣地看着我，目光兴奋而满足。良久道："真是太美了，以后你就是我的情人了。"

这是我第一次听到"情人"二字。好美妙的文字组合！"情"，有思维感受，"人"，有血脉精气。而之前，我一直以为自己只是供男人泄欲的工具。

他抿嘴继续："你该有个名字……"转头四顾，见五斗柜上的一只青瓷瓶，目光忽明又黯，笑道："就叫你小青吧。又与'情'谐音，一语双关。"

此时，我还不明一切从这刻开始幻化。他令我得到的远远不仅只是一个名字，或一个角色称谓，而是一种"灵"！

世上万物皆有采纳之根，无影无形，潜移默化。他手指梳理过我发间，我最初感到了一丝酥柔的微痒。

遇见他，注定要鲜活起来。

这夜，他雄姿英发，两度云雨，侧拥着我，心满意足，酣然入睡。我窥视窗幔合缝处那抹恬静深邃的黑色，肆意享受一个男人体温的包容，任他的鼻息在颈背均匀来去，伴了夜雨的撞碎在玻璃窗上的声响，慢慢揣摩着那些微妙的不同。

生活由此童话般的在面前铺开。

说来也平淡，每早他出门前，会让我坐在临露天台的落地窗的逍遥椅上，然后在额上亲吻，说："等我回来。"

我保持着一贯的浅笑，听着他换鞋、开门关门，脚步声消失在不远处的电梯口，房间安静下来。我有大把的时间来感受这个声色世界的种种乐趣。

天台面东，视野颇佳，极目远眺，城市尽收眼底。遇晴日，我可以目睹太阳由橙红变得白亮，午后太阳越过窗沿，光从我修长双腿慢慢滑落，遁去，房间回归灰凉之中。或遇阴、雨，聆听那些自然的微响，看那注注水痕怎样交汇，怎样消亡。有时风会带动淡紫的纱衬，以及身下的椅子，我就在那种悠然的摇晃中享受纱绸摩抚肌肤的美妙。还有那变幻无常的涌云，那掠过的飞鸟，逗留在玻璃窗一面的昆虫，都是一番滋味。

时间于我来说没有更多的羁绊，这么多的景致还没来得及细品，一天就已过去。

他如不赶工应酬，7 点左右，钥匙就会当当哐哐在门外响起，开门关门，钥匙背包放在玄关的花岗岩台面上，换鞋，然后趿着拖鞋来到我身后，"我回来了，今天乖吗？"

"当然乖了！我能不乖吗？"我心里总是这样乐乐地回答。

晚餐有时速食有时卖弄两小菜，他边吃边翻看一叠报纸，不时轻声吟念，想是读给我听。接着还会让我陪看会儿电视，多是猎奇或讲座，也看体育。有时间上会儿网，下几首流行的歌，哼叨着，对自己音感缺陷毫无认知。

如果他那天不想要我，睡前还要看会儿书，但不会忘记让我依偎在他臂弯里，他那特有的体息混同淡淡的油墨味是我闻见最恬静的味道。

而同他做爱，早已不再是于己的一份工，是渴望。

我喜欢被他搂压在身下，由其进入，饱满充实，不再局限私处，浑身都有股电流般的麻舒。喜欢他那些造爱中的细节，吻唇、吮乳、舔耳，还有手与手的紧扣，胸与胸的摩擦……喜欢他那意乱情迷半水半火的眼神，喜欢他轻声的呻吟："小青……"

每次，他崩溃的瞬间，我都能感到股暖流所散发出的某种物质，迅速充斥到身体每寸，激活着上天原本给予我的道道封印。

我小心慎重的吸纳，如同开采山林，滥砍滥伐，终将荒芜。

渐渐地，可感知这个世界的声、味、触。渐渐地，身体可做一些微小的动作。渐渐地，爱他，已无力自拔。

于是，开始有了烦恼。

起初是一个叫阿彤的女人。她是他的同事，会计师，算得娟秀，习惯在深夜给他短信，讲讲天气，抱怨下工作，问候晚安……

他也含笑回复。

天气转寒注意加衣；

王科就那脾气，你怄自个吃亏；

早睡，不然黑眼圈；

……

我冷眼一旁，知是她在钓他。男人像鱼，明知是饵，也要去尝，图一时之欲。

一晚阿彤来电，说路过小区，愿不愿意请她上来喝杯水。他强掩兴奋，一口应承。挂线后冲进卫生间，整装、梳发、剃须、喷口腔剂。最后，他将我抱起，藏匿于衣橱，用他惯有的微笑对我说："委屈下你了。"

衣橱门哐当合上，我沦陷黑暗，在淡淡樟脑味的药香中，我体会到一种空前的心痛。

后来我知道，这种痛会滋生许多的情感，仇恨是其中之一。

一小时，或许更久，他俩进了卧房，微开柜门，我看见他俩在床头热吻。狂乱地彼此撕扯着衣服……

突然无法承受这一切——急促的呼吸、狭小的空间、幽暗的光线、樟脑的药味……为什么这些就该我来忍受？我咬牙，轻轻地掀开了门，让自己暴露无遗。

这场对决在沉默中结束。阿彤惊异的目光掠过我，然后迅速地站起垂头整装。他尴尬地笑，手足无措。

他送她出门，在后快快道："其实……"猜他未尝想好解释，等着对方打断。

阿彤"哦"了一声，转过话题："您不送了，我开车。"

铁门乒地合上，我听见他一声叹息，良久走进，将我置于床头，看着我："你啊，坏事！"

我暗笑，坏什么事？她有什么好？不过红尘一抹云烟。我才是那个不改容颜，永世与你相厮相守的女子！

接着是小芽，在同栋写字楼一单位任文员。前卫、时尚、老道、市侩，从可视屏瞻见她的眼神，我就知道，他玩不过她。

被爱恋迷蒙的男人是看不见这些的。

有了上次的教训，他学乖，小芽到访那天，他预先将我安置于小阳台处的储藏柜，柜门有一把暗锁。

我早有防备，顺手拿了他的手机。

新客到访，例行参观我们的家，在他俩至阳台，我拨通小芽的手机。

炫铃是王菲的《笑忘书》，一首老歌，他爱听，她在迎合。

"怎么？你手机在呼我？"

"不会吧……？"

我挂断，她回拨过来。

"好像在柜里！"

"不会吧……？"

"一定在柜里，你是这铃声吗？"

"我换了……不管它，我们回房间。"

她收线，我追拨，又挂线，她回。

"邪门！声音肯定是里面发出的，打开看看。"小芽说道。

"可能吧……我去找找钥匙。"他支吾，我幸灾乐祸，想："叫你自食其果。"

听他装腔作势地翻箱倒柜，知与小芽一门之隔，我玩恶地发出仅能的声音："啊呀啊呀。"

小芽一声尖叫，他殷切问："怎么了？"

"有人，柜里有人！"

"啊，不会的，那里怎么会有人，我刚关的……"他戛然收声，一切不攻自破。

沉默几秒，小芽自解道："呵，也许是我听错了。"她果是冰雪，又道："我还有件急事忘了，就先走一步。"

她定然深信，柜中藏有娇娃。这样的男人就算玩亦是危险物品。

他抱出我，在我手中夺下电话："我怎么这么大意？"他翻看着电话，那神情，怎个郁闷了得，继续道："小青啊小青，你是存心跟我过不去啊，怎么赔偿我的损失？"

我看着他，强忍笑："你要什么我都赔给你！"

他似读懂我的心语："我知你什么都可赔我，但就不能陪我说说话啊。"他将头转向窗外的灰蓝，脸色与天空的色彩酷似，比起初时相识，虽消瘦几多，依然不失俊朗，他说："要是那样，我会爱死你的。"

我豁然，虽不可与他在现实中对话，但我们有种与生俱来的手段，那就是，可以爬入一个人的梦中。

等我，每夜与你话到天明。

我就是要让你爱死我。

据说，每个人的梦都是独一无二的，色彩、影像、表述、虚实、隐露，等等，像 DNA，上亿个体绝无雷同。

梦并非虚幻，一切皆有源有因，更接近真实。它总是唯美，无有现实的诸多桎梏，随思随欲幻化，浓缩了时空，提炼了色彩，解构了生活，还原了过去的快乐悲伤，展现着对于未来的顾忌与憧憬。

虽然，它寄生现实，卷曲暗里。但在这里，人类的生命得到了一种超越。

喜欢他梦的意境，一层薄软的雾，亦紫亦蓝亦灰。他习惯一身深色的便装，挺拔的身躯在阳光下、细雨中、飞雪里都是那样的迷人。喜欢他拥着我，在高山观日出，海滨听潮起潮落，百花丛中闻奇妙芬芳……喜欢他温情地注视我轻轻说："我爱你。"更喜欢他温顺地让我抚过他的腮颊听我说"我爱你"时的那种陶醉。

他的肩上挎着只棕褐色的沉甸甸的包。如影随形，无声摇晃。暗自揣度，那里有个他的秘密。

他不说我亦不问。女人应该知足，爱一个男人，你就要学会适度的容忍。

我依然要他，那是两种完全不同的快感，一种真实而热烈，一种唯美而动情，错综交织，渐渐难以辨别它们之间的界度。

单纯地以为，快乐的日子就会如此的延续。在这片私密温馨的空间，安静地陪着他，看着他慢慢苍老，待他弥留之后，枕着他的臂弯，在烈火中渡入另个永恒的国度。不再轮回，千秋万世的相守。

但还未来得及细嚼这些快乐的滋味，她出现了。

她——背包里的那个秘密。

那个有着温婉夜风的初夏之夜，他接到一个电话，我看见他在"喂"的一声后，脸上复杂的表情，诧异、疑惑、难以置信，还透着一丝压抑的欣喜若狂。

他驱步阳台，带上推拉门，在那持续两小时的通话中，我痴痴地望着他镶嵌在墨蓝夜空的背影，心中的酸楚疼痛开始膨胀、挤压、发酵、裂变……我该怎么办？

收线后，他依然站在阳台，看不见他的表情，但我相信他内心正经受着一场空前的煎熬。后来，他约了几位同事泡吧，回家已是酩酊大醉，迷离的眼神那样的陌生。

他开始要我，我配合，但莫名其妙感到一种生疏，原本每一个熟悉的动作都夹杂着一丝不和谐，最后瞬间，他眼神没有了半水半火，却是两滴滚出的泪水。

夜在寂静中仿似沦陷，我忐忑潜入他的梦中，一味地灰暗，混混沌沌，漫无边际却又极度压抑。

他坐在空寂的地铁站，头埋在那只棕色的挎包上，身体瑟瑟颤动，地铁无声地从黑暗中驶来，开门，关门，然后又无声无息地驶入黑暗，他的手死死地扣住挎包锁鞘，我知道，那里有他不愿翻开的记忆，有那两滴泪水的真相。

轻轻从身后抱住那具无助的躯体，他没有动，双手握住我的手背紧紧地收拢，令我感到窒息，喃喃安慰："没事的，没事的，我在……"

他嘤嘤低泣，放手掩面，我绕到他面前，将他头搂在胸前，泪水灼伤了我的肌肤，我忍着痛，看他打开挎包，一本记述簿，慢慢翻启着关于他与她的影像。

如同许多情爱的故事一样，他们学生时代有着一段纯真快乐的相恋。他为她来到这里，而她却背叛了这段爱情，义无反顾的离去。经历千尘，发现，最爱的原来是最初离开的。于是，她想回来，她要他要她。

而他，一度以为已经走出了这个女人，那次剧痛只是心口上的一堆无息的死灰，不知道，原来那死灰一直以来都没有熄灭，在适当的温度、空气里又开始复燃。

他在挣扎，但，我知道，所谓抵抗，苍白无力，他爱她，他会要她。

"过完这季她就回来了。"他望着梦中深邃的地铁通道，最后幽幽说。我绝望地看见了他眼中的万千柔情，我知道那是最后的期限。

未来，无法想象，是被深锁储柜一隅，还是赠予另一个男人享用？是弃之荒野，还是付之一炬？

一切都是末路，一切都是灾难。

不能让任何人来破坏这份甜美！

我抱着他，浑身因激动而微微战栗，放弃一切自我约束，肆意狂乱地与他交错，无所忌惮地消融……

吸纳、吸纳、吸纳！

季末，我见到了那个女子。

我为她开的门，她眼中的惊诧，令我舒畅。

把她引到他的面前，我告诉她，他患上了一种古怪的病，全身细胞硅胶化，没有了知觉、思维，只有大脑还未死去。

我没有告诉她，他唯一能做的，就是梦。

女子离开后，一抹阳光泻撒在临窗天台，他坐在我曾一度仰躺的逍遥椅上，注视着远方淡蓝的天际。我跪扶在他腿上，伸手抚过他的面颊，我说："放心，我会照顾你、疼你、爱你，我要做你永世的伴侣。"